*The*
# Little Snake
A.L.Kennedy

# 小金蛇

［英］A.L. 肯尼迪 著    冯愿 译

浙江文艺出版社

**图书在版编目(CIP)数据**

小金蛇 / (英) A.L.肯尼迪著; 冯愿译. —杭州:浙江文艺出版社,2022.9
ISBN 978-7-5339-6890-8

Ⅰ.①小… Ⅱ.①A… ②冯… Ⅲ.①中篇小说-英国-现代 Ⅳ.①I561.45

中国版本图书馆CIP数据核字(2022)第097815号

| | | | |
|---|---|---|---|
| 责任编辑 | 周　易 | 装帧设计 | 尚燕平 |
| 责任校对 | 许红梅 | 内文插画 | iris_noww |
| 责任印制 | 吴春娟 | 营销编辑 | 王莎惠 |
| 封面插画 | QL | 数字编辑 | 姜梦冉　诸婧琦 |

## 小金蛇

[英]A.L.肯尼迪 著　冯愿 译

| | |
|---|---|
| 出版发行 | 浙江文艺出版社 |
| 地　　址 | 杭州市体育场路347号 |
| 邮　　编 | 310006 |
| 电　　话 | 0571-85176953(总编办) |
| | 0571-85152727(市场部) |
| 制　　版 | 浙江新华图文制作有限公司 |
| 印　　刷 | 浙江新华数码印务有限公司 |
| 开　　本 | 880毫米×1230毫米　1/32 |
| 字　　数 | 65千字 |
| 印　　张 | 4.25 |
| 插　　页 | 8 |
| 版　　次 | 2022年9月第1版 |
| 印　　次 | 2022年9月第1次印刷 |
| 书　　号 | ISBN 978-7-5339-6890-8 |
| 定　　价 | 68.00元 |

太阳落山的时候，

我会在远处祝你好梦，

你会一夜好梦的。


这样你就可以知道我是一直惦记着你的，

你是我的好朋友，

我也是你的好朋友。

"爱是一件很可怕的事情。"

"好像是这样的。"兰莫小声地说。

"但爱也可以是一件很美妙的事情。"

"也许吧。"

你是黑夜但有阳光

你是海洋但无边际

你是小鸟但歌永恒

你是雄狮但无利爪

你是我的荣幸，你是我的一部分

你是我的荣光，你是我的一部分

你是我的维他命，你是我的一部分

我的朋友，我的爱，你是我的一部分

虽然这故事不一定那么完整，但差不多就是关于一个非凡睿智的小女孩的故事。这个小女孩的名字叫玛丽。故事还得从某个午后玛丽在花园散步讲起。

玛丽一头棕色鬈发，长得比同龄女孩略高些。因为食物一直不够吃，所以她挺瘦的。她喜欢吃蜂蜜，喜欢吹口哨，喜欢蓝色，喜欢追根究底。

她居住的城市有形形色色的人，也正是因为这些形形色色的人，这座城市才精彩了起来：到处都是有趣的歌曲、动听的故事、美味的食物、新奇的衣服和风趣的对话。然而，城市长官并不是很喜欢形形色色的人，所以有一部分的住房也就让人一言难尽了：明明应该是潮湿的地方却干燥得很；明明应该是干燥的地方却潮湿得很；或者直接是又冷又黑，电力供应不足。然而天空一望无际，欣赏它的美丽不用出钱，于是不管是谁，不管自己的屋子是潮湿还是干燥，大家都会在自家屋顶上放风筝。有的风筝做成了极乐鸟的样子，有的做成了鱼的样子，有的做成了巨蟒的模样。

　　这座城市里还有其他样式的房子，比如说城市长官住的房子。那些房子就很豪华，还有高耸入云的塔楼，这些塔楼可比飞起来的风筝高得多。房子里有漂亮的水池，可以用来游泳或者养鱼，也可能养着鳄鱼或蓝岩鬣蜥这种大型爬行动物。长官的食品储藏室就跟客厅一样大，客厅呢，跟草场一样大。而地下室的草场呢，或许有小镇那么大，这个小镇里有用宝石装饰的过山车，还有蛋糕做的高尔夫球场。

　　这些事情玛丽全都知道。她很聪明，什么都知道。她的小花园在屋顶上，面积也就比大桌布大一点点。她站在小花园里，朝一侧望去，映入眼帘的是许许多多悲哀又塞满了人的小房子；朝另一侧望去，她看到的却是金光闪闪的高楼，里面满是鳄鱼和草场。幸好，她住的那栋楼只有一点点挤，整栋楼的水管也只在星期一、星期三和周末漏水。水管一漏水，玛丽的妈妈就会在渗漏处下面放上金属脸盆，水滴下来的时候，金属脸盆会发出叮叮当当的响声，就跟小铃铛似的，或者更确切地说，就像是湿润的小铃铛。

玛丽住的地方对一家三口来说刚刚好，她家也就只有三口人——爸爸、妈妈、她。有的时候她会想要一个弟弟或妹妹，这样就有玩伴了。然而，随后她就会幡然醒悟：妹妹可能会嫉妒她的聪慧，可能会跳芭蕾舞，扰她清净，也可能会做些木雕，弄得一团乱。玛丽的卧室原先是一个储藏柜，如果还要跟妹妹共用一个房间的话，那就不免有些拥挤了。而且说不定妹妹睡觉会打呼噜，说不定她的脚还又长又窄。

如果生的是弟弟，他最终会长大，婴儿床也会容不下他。他也不会在婴儿床里玩自己的手指，反而想去外面到处跑，可家里的花园太小了，根本不够他跑的。城市长官和不喜欢烟火气的人没建多少公园供孩子玩耍，或者供成年人坐下来吃冰激凌聊天，让他们说说自家孩子是多么优秀（或者自家孩子是多么烦人，视情况而定）。玛丽觉得城市长官大概对公园一点兴趣都没有，因为他们在自己家里就可以欣赏瀑布，也许还可以和自己家里的鳄鱼一起游泳，可以自己做树屋，在屋顶茂密的树林里荡秋千。玛丽在小花园里定睛朝塔楼方向往上望去，塔楼金光闪闪的，那片茂密的树林也映入眼帘。

来这座城市游玩的人常常会摆出一副成年人的架子，想到什么就说什么，觉得玛丽这个年纪根本不懂他们在说什么，或者觉得玛丽压根儿就不会关注他们说了什么。他们会说："这座城市还是很有趣的，但就是闻不到花香，让人觉得有些厌倦。"或者说："这里的东西都太贵了，歌舞表演的门票买不起，音乐会的门票也买不起，还有啊，大份三明治的价钱也高得吓人。"还有人会说："这座城市好像根本不想吸引人，反而想吸引鸟类。你看啊，城市里有很多窗台，建筑都是有棱有角的，有很多地方都很适合作为鸟类的藏身玩耍之处。城市里还有很多食物残渣，大小对鸟嘴来说正好。这城市是人类建起来的，但似乎更偏爱鸟类。"世界上各个城市基本上都符合这种说法——城市需要人来建造，但却更偏爱鸟儿。这样的城市令人沮丧。

而在玛丽看来，游客应该来她家做客，和她父母一起吃一顿晚饭，闻一闻汤的香味；或者去她的小花园站一会儿，闻一闻玫瑰花的香气；或者和面包店里的老板娘聊一聊，这个老板娘既喜欢鸟儿，也喜欢人类，她把面包碎屑喂给鸟儿，把面包卖给人们，同时嘴里还会吹口哨，哼小曲；或者看看风筝在天空中的美妙舞姿；或者听听对面那个夏天不穿衬衣而穿背心的绅士的歌声，他在周日会唱一整天的歌。只要游客还有点感知能力，有点观察能力，就能发现这座城市其实还是充满着美好事物、洋溢着快乐的。

玛丽喜欢这座城市，也喜欢她的小花园。只需六步，就能穿过整个花园，再多走两步，整个花园就逛完了。有时候，她会小碎步前进，这样花园看起来就有两倍大了，也更美了。但是，她跟成年人讲述自己的发现时，成年人都会变得很疑惑。

然后他们就会告诉她："不管你走多碎的步子，花园的大小才不会发生改变呢。"

玛丽就会回答:"会发生改变的。我在花园里走得越慢,花园就会变得越大,变得超级漂亮。这个道理就跟吃冰激凌一样:你用小勺子慢慢吃,就会发现冰激凌变得更加美味了。"就跟我之前说的那样,这个女孩很聪明。

"你慢慢吃,冰激凌就化了呀。"成年人又说道。

这时候玛丽就会摇摇头,哼着小曲一蹦一跳地走了。在成年人眼中,小孩子就是会做这样的事情。比起给自己出难题的孩子,他们更乐意看到蹦蹦跳跳的孩子。玛丽还没有提呢,她要是在花园里一动不动地站着,花园就会变得永恒,因为这样她就永远都到不了花园的另一端。可如果她真的跟成年人讲了,那些成年人就会皱起眉头。

所以,这就把成年人完全放在这个小女孩的对立面了。

不管怎样,如果你还记得的话,我开头讲到,有一天,一个名叫玛丽的小女孩在自己的小花园里走着。她觉得这是她的小花园,因为她很爱这个小花园。在她的观念里,如果你爱什么东西,那你就该让它成为你的一部分,就跟你的双脚是你的一部分一样(如果你有那么一点点不喜欢你的双脚,那你就有点蠢了,因为双脚可是相当有用的）。

在这个特别的午后，冬日里的周日午后，这个女孩正踩着极小的小碎步在花园里走，想让自己的花园再延伸好几千米长，让它大得几乎能延伸到其他国家。这样的话，四丛玫瑰就成了四片玫瑰巨林，三块花圃就成了三片大草原，就连小小的池塘都能变成巨大的内陆海。可惜，这内陆海里没有鳄鱼。

玛丽把自己的手放进兜里取暖。比起戴手套，她更喜欢以这样的方式来取暖。她妈妈之前说她不戴手套是因为她把手套弄丢了，事实当然不是如此。玛丽看着自己呼出的一口气变成了一团蒸汽似的云，然后这云团在上升的过程中消失不见了，好像她的身体正在以某种方式燃烧秋日的枯叶，或者像她洗了一大堆床单，然后在熨烫它们的时候产生了一团水汽。她太沉浸在自己的世界里了，过了好一会儿才发现自己一只脚的脚踝有点异样。

她低头看了看自己的左脚，发现自己的针织羊毛袜上突然多了一只金色的脚镯，脚镯上有两颗闪闪发光的珠宝，而且脚镯隔一会儿好像就会闪烁一下，看起来就像要动起来似的。

　　这只脚镯真是风华绝代。

　　这点是脚镯亲口告诉她的。玛丽很聪明，知道只跟人类交谈的习惯是很愚蠢的，所以她会很愉快地和任何需要沟通、需要陪伴的物件和动物讲话。"天哪！"她对脚镯说，"你是打哪儿来的？"随后又补充了一句："你好！"

　　脚镯答道："你好！我风华绝代。"

　　"哦。"女孩又说道，"风华先生，你好！"

　　这只脚镯在她脚踝上动了动，闪闪发光，上面的两颗珠宝也像两块黑玉或是暗红宝石似的，幽幽地发着微光。"不不不，我不叫风华，风华绝代只是我众多优秀品质中的一项。我帅气、睿智、敏捷，讲话声音好听，移动速度还超快。"

　　这时候，玛丽觉得这只脚镯真爱吹牛，虽然它讲话的声音还真的挺好听的吧，但她还是开口打断了它。

　　"那你叫什么名字呀？而且在我看来，你移动起来也没那么快。"

　　"是吗？……"脚镯立马就消失了。

　　它移动的速度也太快了，玛丽还沉浸在它美妙的声音里呢，它就偷笑着只留下了自己的声音，身体却早已消失在玛丽的视线里。玛丽找了一圈才发现这只脚镯挂在玫瑰丛的某枝玫瑰上："也许你该下来，玫瑰才不喜欢你挂在它身上呢。"

"没关系，玫瑰不会介意的。"脚镯说道，轻笑着微微晃动了一下，"我可是你有生以来见过的移动速度最快的生物。"脚镯在告诉了玛丽这个秘密之后，又一次回到了她的脚踝上，气都不带喘的。

玛丽承认了它的实力："你真厉害！"

"我知道我很厉害。"

"但是你叫什么名字呢?"

"也许我之后会告诉你。你要知道，名字可不能随随便便就告诉别人，要选好时机。"

"好吧，那如果你不愿意告诉我你的名字，你可以告诉我你是哪种镯子吗?"玛丽小心翼翼地坐在了玫瑰丛旁边，这样她就可以更好地看看自己健谈的新朋友了。

"我才不是镯子！"脚镯从玛丽的脚踝上下来，快速（但也没有快到让玛丽看不清）变换了形状，金色的身子在玛丽的手腕上又缠了几圈，看起来就跟镯子一样。

"啊！"玛丽说，"我知道了。"

　　脚镯滑来滑去，扭动了几下。玛丽觉得痒痒的，用手掌盖住了它，于是它才停下动作，安安分分地盘成一个圈，待在玛丽的手心里。玛丽之前以为那两块带色的斑点是宝石，而现在这两块"宝石"正长在一个细长的金色小脑袋上看着她呢。

　　"红宝石"像聪慧的小眼睛似的眨巴了两下。但其实就是"宝石"眨巴了两下，因为"宝石"本来就是聪慧的小眼睛。

　　"你没看错，我是一条蛇。"说完他笑了笑，但是是没有嘴唇的那种笑。他还优雅地吐出了一条末端开叉的亮红色舌头，舔了一圈周围的空气，继续说道："你身上有一股糖果和肥皂的味道，还有善良的味道。"

　　于是玛丽吐出了自己的舌头，但没尝到任何关于小蛇的味道。

　　小蛇告诉她："你是尝不出我的味道的。你不怕吗？人通常都是很怕蛇的，他们看到我的时候常常都是挥舞着双手，尖叫着跑开。"

　　"你也想让我这么做吗？"

　　"不大想。"小蛇咕哝着说，"但你不是应该会很害怕吗？"

"我为什么要害怕呀？你很吓人吗？"

小蛇又舔了一圈，又采集了一次空气的样本："唔，我可是很……蛇可是相当危险的哦。有的蛇会把自己满是肌肉的身体缠在一些大型动物身上，通过挤压让动物死亡，然后再慢慢吞食它们。一整条鳄鱼和不管有没有载着乘客的独木舟，都可能是捕食的对象。"

"但是你这么小。"

"我会长大的。"

玛丽觉得小蛇可能在骗她，但也并不想让小蛇伤心。

小蛇伸了个小懒腰，扬起了小头，好直视玛丽。他一前一后地晃动自己的脖子，像在听什么音乐，还用自己深红色的眼睛盯着玛丽水蓝色的眼睛。他的瞳孔很奇怪，细长细长的，颜色比渡鸦的背还要黑，如果你真的把注意力都放在这瞳孔上的话，你会觉得自己掉进了一个无底洞："还有的蛇，一旦你被他们咬到，他们会给你注射很多毒素，这些毒素足够毒死二十个、五十个，甚至是一百个男人呢。"

"我又不是男人。"玛丽说，"我是个小女孩。"

小蛇眨了眨眼，又说道："你真难搞。就因为你还是个小女孩，毒死你花的时间还要短一些，因为你小，所以毒素很快就可以蔓延到全身。"

玛丽点了点头，说："我知道啊，但我觉得再大、再凶猛的蛇也毒不死一百个男人。"

"那至少也得有二十个。"小蛇听起来好像有点生气了。

"我就怕哪天我长大了会想去遥远的地方旅行和冒险，所以我已经在书上看过所有的毒蛇了，知道了他们的斑纹是什么样的，也知道了他们的习性。我看过的书可多了，你这种样子的蛇不在毒蛇范围之内。"

玛丽这话可不假，她是看了很多关于蛇的书，她从图书馆借来书，看的时候还会做笔记。

"有的蛇身上长羽毛，喝勇士的血①，有的蛇生活在埃及的阴间②，还有的蛇飞起来的时候会让太阳都变暗，尾巴发出雷鸣般的响声。"小蛇很骄傲地说道。

---

① 羽蛇神库库尔坎（Kukulcan），玛雅人认为羽蛇神掌管着风、水，是丰收之神，同时也是死亡之神。
② 在埃及神话中，口吐火焰的蛇是阴间的守护神，把守着地下冥府的十二道关卡。

"这些听起来都像是蛇的故事，但讲的并不是真实的蛇。还有啊，你讲的最后一种蛇听起来更像是龙吧。龙只活在博物志里，根本不存在。"玛丽正色道。

小蛇叹了口气，趴了下来，懒洋洋地躺在玛丽的手中，突然看起来就跟丝带一样柔软了。"啊，好吧……也许我现在的形象没有平日里那么高大威猛了，因为我饿了。或许你碰巧有一只老鼠可以给我吃？"小蛇没精打采地把头伸到玛丽的手掌外，耷拉了下来，好像差点就要饿晕了，可是他的眼睛还是炯炯有神又小心翼翼地看着玛丽。

"如果我真有老鼠，那也是我的宠物鼠，我才不会把我的宠物鼠给谁吃呢。"

"但是你吃炸鱼，吃烤羊排，吃炖牛肉，吃烧鹅腿啊……"小蛇的头又耷拉了下来，他气若游丝，好像真的要饿死了。

"我是吃，但是我都从来没有见过羊羔，见过奶牛，也没有见过大鹅。"玛丽解释，"如果有的人是我遇到过的，那吃了它就很粗鲁了。我家现在吃的那些炖菜基本上都是蔬菜、豆类和一些比肉便宜的东西。我们住得离海比较远，所以也吃不到很多鱼。你住在<u>丛</u>林里吗？"

"我不住那儿。"

"我想知道<u>丛</u>林到底是什么样的。"

"您可回回神吧，我现在可是还饿着呢。"

"明天，也就是周一，我有缝纫课。上课的科尔霍弗老师一直说我上课开小差。她不知道我其实连下半辈子的缝纫技巧都已经学会了。我再也不要给椅背绣什么小套子了，不想再在拖鞋上做出什么花样来，不想做缝纫工具袋了。我也不想做外科医生，因为当了外科医生，我就要在切开病人哪个部位后把切口给缝起来。喜欢在病人手术伤疤上绣花的医生是不会受欢迎的。我打算探索一下这个世界，没准哪只狮子会把我的腿啊、胳膊啊给咬掉，也没准我会被大砍刀砍，这样我就得给自己缝伤口了。不过我已经知道了伤口缝合的正确方法和截肢后正确的清洗方法。"

小蛇又坐了起来（如果我们可以这么描述的话），他对玛丽很感兴趣，都忘记了自己刚才还在装饿呢："小女孩，小女孩，这个世界千奇百怪，如果你真想探险的话，你必须得向我保证，不管你去哪，你都要十分谨慎。"

这句话似乎很暖心，所以玛丽把自己的名字告诉了小蛇："我叫玛丽。"

"谢谢你,玛丽。玛丽……"听起来,小蛇似乎想到了一些甜蜜又悲伤的事情,"好吧,玛丽,我去过几次丛林。我知道在丛林里的时候,你必须使砍刀保持锋利,这样才能顺利、轻易又安全地砍东西;刀不用的时候也要记得把它擦干净再放回刀鞘;别把一只狮子惹毛了,要不然它会想咬你。其实啊,你应该离所有的狮子和大型猫科动物都远远的,也不要靠近狗熊,河马就更不用说了。"

"我还以为你饿得都虚脱了呢。"

"我这是在担心你呢。但是你的脑袋里装满了非凡的智慧,也许你应该把我告诉你的东西写下来,这样就不会忘记了。"小蛇眨了眨眼,继续说道,"但同时,我也的确非常饿。你有没有吃的?一点奶酪也行。吃了奶酪我应该就不会饿死了。也许你有格鲁耶尔干酪?"

玛丽探过身,亲了亲小蛇的鼻子(虽然小蛇没有严格意义上的鼻子)。

"你离我太近啦!"小蛇咕哝道。但同时,他就像流动的金子一般,开心地滑动起来,缠在玛丽的手臂上,他的鳞片也闪烁着愉快的光芒。然后他又回到了玛丽的手心,安稳地躺下了："你可以叫我卡玛拓杨、巴斯、兰莫，或者……"

听起来小蛇有很多名字，玛丽喜欢最后一个名字的发音，于是她说道："兰莫，我叫你兰莫吧。"

"好啊，那你就这么叫我吧。"小蛇点了点头。

"谢谢你告诉我你的名字。"玛丽自己也觉得有点饿了，"我们要不要进屋？我可以在面包上烤点奶酪，我知道怎么烤奶酪。"

小蛇歪了歪头，像是在思考。"我觉得为我的牙齿考虑，我吃冷奶酪就好了，面包也不用吃，烤过的奶酪会粘牙。"说着，他慢慢地、小心翼翼地张开了自己漆黑的嘴，好让玛丽看到他的牙齿。他的牙齿跟骨头一样白，还尖尖的，门牙左右各有一颗更长的尖牙。在所有的牙齿里，这两颗牙齿最尖。

"天哪！"

"唔额呀日唔喂昂奥你。"小蛇兰莫说。

"你说什么？"妈妈告诉玛丽要做个有礼貌的孩子。

兰莫合上了自己的嘴，开口讲话前立刻把自己的尖牙藏了起来："我的牙齿不会伤到你。"

"这样哦。"

"我向你保证。"

"那你是什么蛇呢?"

"书里没有出现过的那种。"他用自己的头轻轻地蹭了蹭玛丽的手背,又吐了吐舌头。

玛丽真的为小蛇找到了一些小奶酪块,小蛇没表示感谢就优雅地吃了起来。吃完后,他很快就扭着身子消失了。

小蛇的消失让玛丽觉得剩下的午后时光都变得有点孤单了。到了傍晚,玛丽正在吃晚饭,吃的是蔬菜大杂烩和更多的蔬菜大杂烩。她突然注意到自己的餐巾下面有微光,这微光来自一双红色的眼睛,而眼睛的主人正朝她眨眼呢。

"啊!"玛丽叫了出来,引起了父母的注意,他们都转过头来看她。于是玛丽不得不继续说道:"这炖菜可真好看。对,对。这炖菜可真好看。"她知道如果自己大声说"啊,我餐巾下面有一条好看的小蛇,他叫兰莫,他又来看我啦,也许他会成为我的新朋友"的话,她父母可是会边摆手边大声尖叫的。

　　而兰莫呢，他悄声滑进了玛丽的裙子口袋里。玛丽可以感觉到他轻柔的动作，觉得他可能在咯咯笑，于是也微笑了起来。可是玛丽必须得假装自己是因为炖菜才笑的，而不是因为小蛇。

　　饭后，玛丽一个人待在卫生间，洗漱洗漱准备上床睡觉了。她看了看自己的口袋，里面空空如也。兰莫又走了。她想，也许兰莫想给她一些私人空间，好让她换睡衣，刷个牙。玛丽猜对了，等她打开房门的时候，她发现了兰莫。兰莫在她的枕头上，盘着身子，用开叉的舌头尝着空气的味道，一双明亮的红色眼睛正看着她。玛丽的房间其实就是个储藏柜，没有窗，又小又暗，兰莫的眼睛在这里发着微光。兰莫想表现出家养蛇的属性，说道："你好呀，玛丽。我会在这一直看着你，直到你入睡。有我在，噩梦会远离你。"

　　"但是我不做噩梦啊。"

　　"也许今天你就会做噩梦了，因为你的枕头上有一条蛇。"兰莫咧嘴笑了，往边上挪了挪，让玛丽可以上床，舒服地躺着。兰莫接着又平躺在玛丽的毯子上，好看着她的眼睛，又说："有我在，你就会平平安安的。我是你的朋友，我会来看你的，看你很多很多次。"

"好啊。"玛丽说着就钻进了毯子里，她实在是太困
了。兰莫的眼睛让她想起了日落，不知道为什么，这让她
昏昏欲睡。

小蛇一直看着玛丽，直到他知道玛丽已经安然进入了
梦乡。他又对着玛丽说了一遍："我会来看你的，看你很
多很多次。"他悲伤地点了点头，又继续说："我会在这之
后再来多看你一次的。"他舐了一圈周围的空气，来确定
玛丽此时是开心的。他尝到了真理和勇敢的味道，也尝到
了透着花香的牙膏和肥皂的味道，这让他这条蛇打了个很
短的喷嚏。"阿嚏——"他还在玛丽的梦中尝到了另一种
味道：玛丽正坐着独木舟在湍急的河水中顺流而下，河水
在一片丛林中蜿蜒，玛丽的脚下还趴着一只宠物狮子。他
有点嫉妒，因为玛丽的梦中并没有他。

但话又说回来，小蛇才不是什么宠物呢。

玛丽一睡着，小蛇就以迅雷不及掩耳之势穿过了这座
城市，到了一个名为麦宁吉的男人的地下室里。这座城市
里，在众多百万富翁的地下室中，这个地下室是最富丽堂
皇的：方圆几千里，两百个"进口"玻利维亚矿工挖了一

年才挖出来。虽然麦宁吉先生不会游泳，但这里有一个专供游泳的湖泊；虽然麦宁吉先生不爱吃冰激凌，但这里放着许多冰激凌机器；虽然麦宁吉先生对艺术或会跳舞的水都不大感兴趣，但这里有宏伟的雕塑和喷泉。地下室里还有果园，果园里的苹果树、李子树和桃子树一直都接受着电灯光的照射，这样这些果树就可以不用在黑暗中休息，而是一刻不停地长大。这些果树永远都感受不到小动物或小鸟的接触，也不会被小虫子挠痒痒，因为在麦宁吉先生的地下室里，没有允许，是不会有任何活蹦乱跳的东西的。到目前为止，得到麦宁吉先生允许进入这里的也就只有那两百个"进口"玻利维亚矿工、这些果树、他的众多仆人和有时进来逗他一乐的杂技和喜剧演员。

麦宁吉先生从来不笑，他觉得笑浪费精力，觉得想逗人家笑跟笑这个行为本身一样，都是愚蠢的。杂技演员做一些小杂耍，一次次保持平衡，再无奈落下，喜剧演员拼命讲滑稽的故事或好笑的笑话，他却无动于衷，冷眼以待，就跟一只巨大、严肃又身着长袍的青蛙一样。他觉得这对那些演员来说是最好的惩罚了。他还会让他们一直表演，表演到他们哭为止。如果他们不哭，他是不会给钱的。

这些事都很好地说明了麦宁吉先生此时的惊讶与恼怒：他正在读一份关于自己的财富飞快增长的报道，结果一抬头就看到了我们的朋友小蛇。

我觉得我们可以称呼小蛇为我们的朋友，因为我们可以确定小蛇是玛丽的朋友，而只要玛丽的朋友也善良友好，就一定也是我们的朋友。

"啊！"麦宁吉先生说道（他太胖了，手都挥不起来，而且顾于面子没有大声尖叫），"一条蛇。"

"我知道我是蛇。"小蛇说着还来回晃动着舌头，从麦宁吉先生睡袍的袖子上滑了下来，像一条金黄的装饰穗带，只不过是长着牙的穗带。

"啊！"麦宁吉先生又说，"还是条会讲话的蛇。"

小蛇眨了眨眼，说："我也知道我是条会讲话的蛇。"接着，他又把头歪向一边，像是在很认真地研究麦宁吉先生这个人："现在也许你可以说一些我不知道的东西了吧。"

麦宁吉先生习惯了身边围绕着言听计从的仆人和死气沉沉的果树，在外遇到的人也都是毕恭毕敬的，还会送他礼物，而且是源源不断地送他礼物。如果碰到有人没有向他鞠躬，没有对他言听计从、百依百顺，他通常就会大发雷霆，脸涨得通红，大声呵斥，也会面色发白，怒吼着说所有人都要立刻卷铺盖走人，然后所有人就都被开除了。就算那个人是首相、影星或国王，也不例外，都要被开除。麦宁吉先生有时候还会在浴室练习怒吼，他看着镜子里的自己，锻炼自己的眼神，确保自己的眼神是让人害怕的。往常，如果他的地盘里闯进来什么动物，他基本上就会开始一阵怒吼，眼神也能杀死人，还有一系列其他动作。但现在，他一句话都说不出来，他觉得自己身上黏糊糊的，皮肤也处于紧绷状态。

"我在等你开口呢。"小蛇说道，很有礼貌地等着。

小蛇安静又客气，声音听起来就跟奶油天鹅绒似的。可就算这样，麦宁吉先生仍然觉得小蛇光滑的金色身子和精致的金色脑袋很吓人。

"我可是从大老远赶来见你的。"小蛇说道。他的舌头舔了一圈空气，尝出了麦宁吉先生狭隘阴暗的想法、肤浅愚蠢的心灵和工于心计的大脑的味道。他还尝出了浓雾般的恐惧："你至少也得把你的名字告诉我吧。"

麦宁吉先生下意识地就马上回答了："卡尔·奥托·麦宁吉。"如果你在现场听到了他这句回答，你会觉得听起来就跟被叫起来回答问题的小学生似的，跟填表的现场也有点像。然后他就脱口而出："我是这世界上第三富的人。"他这么说是因为以前只要他这么说，就会赢来人们的一片赞叹，可他现在自己也知道他面对的是一条蛇，不是人，这句话不一定管用。

"你说错了。"小蛇用他最甜美的嗓音低声说，"你只是世界上第四富的人。十分钟前，铜矿老板连比特·夸尔塔克已经成为世界上第三富的人了。"接着，小蛇沿着卡尔的袖子向上爬（既然麦宁吉先生告诉了我们他的名字，那我们就叫他卡尔吧）。他最后倚在了卡尔的左肩上，然后轻声说："其实那根本不重要。"

小蛇的气息吐在卡尔的脖子上，卡尔咽了口口水。"请你不要。"不知道他有多少年没对人说过"请"字了，因为他之前觉得没人值得他用这个字。

"请我不要做什么？"小蛇问道。小蛇这么一问，卡尔从头到脚都开始哆嗦。小蛇又问："你想说什么，世界第四富的卡尔·奥托·麦宁吉？"

　　"请你不要。"

　　"嗯……"小蛇又从卡尔的脖子后方绕到了右肩，气息又吐在了卡尔的右耳上，"我觉得我可以尝出有多少人对你说过'请你不要'，也可以尝出你无视他们的次数。"

　　"我不是故意的。"

　　"你当然是故意的。"小蛇低声说道，"你可以对我说实话，或者说你还是老实点比较好。你是不是每次都会无视他们？"

　　卡尔痛苦地发出一声哀号。这让他想起了他在别人孩子生日当天强迫他们通宵工作时，在圣诞节前夕开除他们时，或者只为了证明自己的能耐而把别人的家夷为平地时，人们发出的那种声音。他接着说："我把我所有的东西都给你。"其他人之前就是这么乞求他的。

　　小蛇用自己的头蹭了蹭卡尔的耳朵，卡尔听到了鳞片发出的沙沙声。"我拿不走你的财物。"小蛇说着停顿了片刻，"……但我可以夺走你的性命。"

　　然后小蛇张开了美丽的嘴，露出了自己白森森的尖牙。

　　第二天早上，玛丽醒得很早，她觉得自己比之前任何时候都要放松、舒适。她翻了个身，发现兰莫正在她枕头上盘着身子呢，可能睡着，可能醒着，但是兰莫的眼睛是闭着的，还发出轻微的"咝咝"声，可能蛇打呼噜就是这个声音吧。

　　玛丽对着兰莫笑了笑，在他平滑温暖的脑袋上亲了一下。秋日里晨曦的光虽然被关在门外，但也溜进来了一些，兰莫的脑袋在其中闪着微光。玛丽说："兰莫，早上好呀。"

其实小蛇神志清醒着呢，他睁开了自己红宝石色的眼睛，舔了舔玛丽的鼻尖，惹得玛丽哈哈大笑。

"早上好呀，玛丽。昨晚有没有睡得更香甜?"然后小蛇沿着毯子滑了一圈，蜿蜒而行，把自己的身子打了一个结，然后又把结解开，挺直了身子，最后把自己的身子卷了起来，展现出好看的曲线，抬起了头："蛇就是这么起床的。"他解释道，"如果你看到其他的蛇这么做，不要去打扰他。其实吧……你最好不要和除我以外的蛇有什么接触，谁也不知道会发生什么事。"

"那要是我看到一条很可爱的蛇呢?"玛丽开玩笑似的问道。

"没有比我还可爱的蛇了。"兰莫坚定地说，"我早饭还能再多吃点奶酪吗? 我好累。"

"你没睡好吗?"

"没怎么睡好。"

　　玛丽背着书包走在浓雾中，她要去上学。而小蛇就坐在玛丽的书包上面，他的视线越过玛丽的肩头，东看看，西瞧瞧。玛丽还真的从家里的橱柜里偷拿出一小块奶酪，在路上喂给小蛇吃。

　　"蛇才不去上学呢。世界上重要的知识都写在我们的蛋壳里面了。等我们什么时候都看完了，背出来了，我们也就破壳而出了。"

　　"真的吗?"玛丽正穿过操场，此刻的她觉得没有那么孤独了。

"也许吧。"小蛇回答道。现在的小蛇看起来俨然就是蛇的模样了。他飞快地舔了舔充满趣味的空气，想从空气中多了解一些东西。有好几个老师都直勾勾地看着兰莫，因为他们从来没见过哪个小女孩的书包上能安安静静地躺着一条金色的蛇，所以他们觉得自己看到的可能是什么奇怪的把手，也可能是自己眼花了，或者搞错了。可是孩子们都像往常一样各忙各的，没空关注玛丽，所以也就没人发现这条小蛇了。

当玛丽坐在各间教室里学习钱币的颜色、不同的沉默的长度和高度的平均重量时，小蛇溜了，在教室之间游走和探索。

小蛇觉得学校真是个奇怪的地方。在一间教室里，老师说："等一下黑板上就会有今天统考的所有答案，你们就利用这段时间把答案都抄在统考答卷上。都抄对了的话，你就可以凭聪明才智参加下周的统考了。"

后排有个姜黄色头发的小男孩，他举起了手，问道："可是我们不是应该学习比如风为什么会吹，哪里是'上面'，怎么系鞋带，还有什么是'爱'这样的知识吗？"

"不不不。"老师说道，"我们应该要通过统考评估，证明自己的聪明才智。通过了这个评估，才能进行下一阶段的评估。"

姜黄色头发的小男孩叫保罗，他又问道："那为什么讲台上有一条金色的蛇躺在那里，还假装自己是一把尺子呢?"

确实，我们的朋友兰莫正直挺挺地躺在讲台上。这样他就可以听听人类在没有知识蛋壳的情况下，是怎么教育下一代的。

老师看了看自己的讲台，当然没有发现这条漂亮的小蛇，因为漂亮的小蛇是不该出现在桌子上的，也不在统考的范围内，所以就被她无视了。然而，她还是有点疑惑，停顿了一会儿，心头不免一紧。

趁老师心神不安，小蛇抬起了自己细长且完美的头，直盯着保罗。

保罗也顺着视线看向了小蛇两只红色的小眼睛。这种红色是勇敢的红，是夕阳的红。小蛇的眼睛也很深邃，如深深的裂口一般。这个小男孩尤为敏感，他感受到自己的心脏在胸口"扑通扑通"地跳，知道非同寻常的事情正在发生，知道这件事是有教育意义的，也是值得铭记的。

小蛇吐了吐舌头，尝到了老师的困惑、教室的虚无和孩子们的白日梦，尝到了保罗脑袋里聪慧、成长和疑惑的味道，尝到了保罗一尘不染的、怦怦跳的心脏的味道。

然后小蛇朝保罗眨了眨眼睛。

这引得保罗咯咯笑。

保罗还在咯咯笑的时候，小蛇就消失了。保罗其实也想到了，如此非凡的小蛇确实应该以这样的方式退场。这么一想，他笑得更厉害了。

"你个傻小子，笑什么呢?"老师大喊。每当她觉得不确定，或者觉得自己很蠢的时候，就会通过大喊来让自己振作起来。所有的孩子都明白这一点，这也是他们所受教育的一部分。

"我现在又没笑。"保罗回答道。保罗没撒谎，他现在是没在笑了。他很确定自己的回答，因为突然间他对所有事情都很确定，还觉得自己变高了一些。不知怎么的，保罗的这种确定让老师想起自己现在得保证每个同学都在答卷上抄下统考答案，这才是孩子们现在要做的事。所以，她就不管保罗了，又对着全班大喊起来。

老师一分心，保罗又露出了大大的笑容。这个笑容传递的快乐，连他的大脚趾都能感受到。

　　到了午休时间，所有的孩子都去操场上玩耍了。在围栏那边，保罗在足球比赛中进了一个球，自己都吃了一惊。在测量部外面有两个小女孩，她们有**超级好看的**金黄色鬈发，在和**超级好看的**朋友一起跳绳。

　　兰莫在玛丽的肩膀上休息，卷成小小的一团，看起来就跟女士的胸针一样，只有那双红宝石色的眼睛可能会暴露他。他想学习玩耍，想知道孩子们在没有老师的情况下在外面是什么样子的："玛丽，你的学校真奇怪。"

　　玛丽轻声答道："我觉得我的学校挺正常的呀。"

兰莫想了一会儿，说："你这样说倒是解释了很多东西。"

玛丽因为有了个朋友，心情很好，所以就算平常的她不会这么做，今天她还是迈向了测量部外面那群**超级好看的女孩**，向最高的那个问道："请问我可以和你们一起跳绳吗？"玛丽是个很有礼貌的女孩。

那个女孩答："噗。"这个女孩不是很友好，我们也就不用知道她的名字了。

但玛丽并不知道"噗"是什么意思，所以她又问了一遍："请问可以吗？"然后静静地等待回复。

"不行，当然不行。你是个怪胎，身上一股蔬菜味，穿的裙子也很旧很旧很旧。而且我们都看到你一直跟个疯巫婆似的对着自己的肩膀说话。"

此刻，其他**超级好看的女孩**都开始可爱地绕着玛丽蹦蹦跳跳，一边跳一边还唱："玛丽玛丽，玛巫婆，疯巫婆；玛丽玛丽，玛巫婆，疯巫婆。"

要是放在以前，这样的事情会让玛丽觉得害怕，她需要强大的自制力才能不让自己哭出来。而今天，她是和自己的朋友兰莫一起来的，所以她就静静地站在那里，双手抱胸，看着自己那双已经有些磨损的旧鞋子，这旧鞋子着实有一点小了。玛丽本来就很伤心，看到这双旧鞋，她更伤心了。

但是在玛丽肩上的兰莫此刻已经因为愤怒而竖起了鳞片。这个声音像有人正从远处手拖一把剑，划着石块走来。兰莫狂怒不已，虽然他不是响尾蛇，但他已经像响尾蛇一样开始发出"嘎啦嘎啦"的声音了。他抬起了头，用最富说服力的声音，响亮且清晰地说："你们应该要继续跳绳了，你们这些并不好看的女孩子。你们现在就想跳绳。"

虽然那些**超级好看的女孩**并不确定到底是谁在说话，但她们还是停止蹦蹦跳跳，乖乖地排成了一队，等着跳绳，还有两个女孩在甩绳子。

但是，她们甩的不是绳子，而是兰莫。兰莫之前就从玛丽的肩上冲了下来，变得很长，形状也有所变化，只为了看上去更像一条真正的绳子。有的时候人们更愿意相信一些华丽的谎言，而不是平淡的现实。两个女孩果然捡起了兰莫，开始一圈一圈地来回甩他，而其他女孩就一个个地跳过他。兰莫觉得这样很好玩，因为玛丽在边上看，他在冬日阳光里闪闪发光，还吐了吐舌头，搜集到了这些**超级好看女孩**的许多信息，知道了她们内心的狭隘与刻薄。

玛丽在边上乐开了花，还拍起了手。

"跳蛇"是个奇怪的游戏，规则也有点特殊，发生了许多古怪事。**超级好看女孩们**发现自己不受控制地跳得越来越快，她们姣好的小脚蹬着、踏着，但是蹬、踏的方式是她们从来都没有经历过的。而负责甩绳的两个**超级好看女孩**的手臂先是高高甩起，然后飞快地落下，如涡轮一般，让她们手中的那根"绳子"变得看不清了。**超级好看女孩们**的双脚上下跳动着，身体旋转着，双臂转动着，跟风车似的。她们热得满头大汗，累得气喘吁吁，于是忧心忡忡起来，开始感到害怕。而小蛇却在闪光和偷笑。

玛丽看到了**超级好看女孩们**面部表情的变化，虽然看到她们不开心，她觉得心情愉悦了一点，但她还是替她们感到担忧，于是她开口说道："兰莫，也许你该停手了。"

但是小蛇乐在其中，并且依旧怒气未减。

渐渐地，操场上的所有人都停下了手中的动作，然后惊讶地盯着这边看：女孩们没完没了地跳着绳，而这条绳子又大又奇怪，闪闪发光却又模糊不清，打在地上的声音倒是清晰得很。就连保罗都停止了跑动，脱下了套头衫，因为他之前又进了球，已经进了三个球了。

"兰莫，拜托你停下吧。"玛丽格外小声地说。

因为玛丽用了"拜托"二字，也确实是想让兰莫停手，兰莫，作为玛丽的朋友，也就真的停下了，他突然就变回了原来的样子，从那两个**超级好看女孩**又酸又累的手里溜了出来。此时，所有女孩几乎都要摔倒在地了，走路也踉踉跄跄，好像要晕倒了，其中一个甚至都吐了。说实话，这样的女孩看起来一点都不好看了：精致的小脸红彤彤、汗涔涔的；早上起来精心梳洗过的头发也都打了结，乱糟糟的；纤细的四肢开始抽搐，整个人瘫软在地。这些女孩虽然都没有明说，但内心早已经对自己现在的狼狈模样有所了解。互相看过对方的样子后，她们感到十分悲伤。

与此同时，兰莫还没有完全收手，他又变成了一条黄金眼镜蛇。你可能知道眼镜蛇，它有很大的颈部皮褶，头部和颈部的皮褶会向两侧膨胀，还会直立起来，发出"咝咝"声，有的眼镜蛇在被激怒的状态下还会喷出毒液。如果你还记得的话，现在的兰莫还是很生气，所以他决定变成一条成人大小的巨型眼镜蛇，但这也就意味着有一会儿，操场上的所有人都会不可避免地看到他的模样。校长从自己的办公室往外望的时候，就看到了脏兮兮的柏油碎石操场上竟然长出了一条巨大的闪着光芒的黄金眼镜蛇。不看不打紧，这一看让校长想立马躺倒，直到一切恢复正常。所以他选择躲在办公桌下面，紧闭双眼，拼命假装什么事都没有发生。

再回到操场，孩子们都尖叫着，挥着手跑来跑去。虽然兰莫对这样的景象感到很满意，但他选择了无视，然后凝视着那个对玛丽无礼的**超级好看女孩**。她已经动不了了，只能也盯着兰莫看。

然后兰莫缓缓地、缓缓地张开了自己的嘴，所有人都可以看到他白森森的尖牙。

"不要！"玛丽说，"兰莫，拜托你不要这么做。"说着，玛丽伸出了手，想阻止小蛇做出什么坏事来。

但是兰莫被愤怒冲昏了头脑，并没有及时注意到玛丽的靠近。他的头一阵猛冲，而最小最小的那颗牙齿擦到了玛丽的右手。

玛丽摔倒在地。

　　玛丽在自己的小床上醒了过来。她觉得又累又饿，但还有些激动。现在天都黑了，所以操场事件应该已经过去几个小时了。她四下环顾，在左边看到了兰莫眼里的光芒。兰莫现在已经不是巨大且吓人的黄金眼镜蛇了，看起来好像还比平时小一些、瘦一些。兰莫扭动着身子靠近了玛丽，用自己温暖的额头蹭了蹭玛丽的耳朵，用自己最动听、最友好的声音说道："真是抱歉，那时候的我被愤怒冲昏了头脑。"

　　"发生了什么事？我晕倒了吗？"

　　"这就是成年人要考虑的事情了。他们已经告诉每个人眼镜蛇从来都没有出现在这个国家里，根本就没有什么金黄色的、直立起来的时候跟成年人一样高的眼镜蛇。他们已经打算把今天看作是平平无奇的一天了。什么稀奇事都没有发生，也不会发生。每个人肯定都在睡觉，然后做了同样的梦。现在学校还让学生做站立、摔跤和睡觉方面的测验。每天回家后，学生还有一张梦境审查表要填，这样所有可能的危险梦境都可以被记录下来，并得到监控。对了，校长也退休了，现在开始养蜜蜂了。"

　　玛丽点了点头，说道："我觉得也是，你说的这些倒是他们会做出来的事。"孩子很了解成年人，但是成年人却不大能够了解孩子。这很奇怪，因为他们以前也是孩子，应该知道不被理解的感觉。

　　兰莫低声说道："你爸爸妈妈都很担心你，他们借了门卫的手推车，用手推车把你推回来的，然后把你放到床上。他们只是刚刚离开而已，因为我给他们灌输了你已经好多了的想法，然后他们才离开，回自己的房间去睡觉了。"

　　"我好些了吗?"

小蛇又蹭了蹭玛丽的耳朵，说道："被我咬到是一件很可怕的事情，真抱歉。就算是我最小的小牙擦到了你的手，也足以夺走你二十一根秀发的颜色。到了明天，你就会发现你的一缕头发变成了白色，就是你额头上方的那一缕头发。"他停顿了一会儿，接着说道："等你老了，这一缕头发也是不错的谈资，充满了戏剧性。"他又停顿了一会儿，又继续说道："真的十分抱歉，你的白发就是我夺走你一小部分生命的最好证据。"

但是玛丽还小呢，依旧充满了活力与生机，所以这并没有让她感到担忧。她说："话虽如此，我现在已经好一些了吧？"

"就跟正常人一样，你的身体正在慢慢好转。"

"那你会陪着我吗？我喜欢你，只是，也许以后你还是不要跟我一起去学校了，以防你再看到谁欺负我，然后又勃然大怒。"

"我想学校里应该不会再有人欺负你了，再也不会了。以后他们看到你都会毕恭毕敬的。"小蛇说。他的语气听起来像是在自吹自擂，不过他平时就是这个样子。然后他又悲伤地降低了音量，说："我会在这里待到明天早上，然后会离开一阵子。"

二十一根白发没让玛丽感到焦虑，听到小蛇要离开的消息，她反而焦虑起来了："为什么啊？"

"因为我内心充满了愧疚，我之前都没有过这种情绪。我伤害了你，我必须仔细思考这个问题，直到我弄明白。"

"那你要思考多久啊？你会去哪里思考？那个地方好不好？那里你还吃得到奶酪吗？"玛丽问道。小蛇可是她的朋友啊。

"我会好好的，我从来都没有遇到过什么危险。"兰莫答道，只是每个字似乎都透着悲伤。

"你又不是故意的，而且我也不在意啊。"玛丽想象了一下，想象自己刚爬上一座山的山巅，身着探险服，脚蹬探险靴，一缕白头发在风中飘舞，可真引人注目，想想她都觉得有点激动。

兰莫用灵敏的舌头尝到了玛丽的所思所想，叹了口气，然后说："是是是，做一个有一缕白发的探险家是挺激动人心的。你还可以说这缕头发是因为遇到了一条非凡又美丽的蛇才变白的。"

"我才不会这么说呢。"玛丽回答，"我会说这缕头发是因为我被鲨鱼咬到了才变白的。"

"好好好，你想怎么说就怎么说。不过我倒是认识很多鲨鱼。睡吧睡吧，你该睡觉了。"

"但是我还不想——"玛丽又开口说道。她更想和兰莫彻夜长谈，然后打消他要离开的想法。但是兰莫已经用眼神说服了玛丽，让她去睡觉。兰莫实在是个出色的说客。

天亮了，玛丽醒了过来，而兰莫正依偎在玛丽的下巴上，就跟围巾一样温暖。玛丽感受到了兰莫的扭动，好像兰莫在强装开心，心里没在盘算什么事情。然后兰莫滑了开去，在玛丽的枕头上躺了下来，看着玛丽，说道："你可以亲一下我的鼻子。"

于是玛丽亲了亲兰莫的鼻子，但也皱起了眉，因为这看起来像是在告别。

"这段时间你要好好照顾你自己。别跟老师顶嘴，忽略他们就好了。不要和其他蛇讲话，不要靠近狮子，也不要靠近鲨鱼。现在你们学校的那些女孩是喜欢你的，虽然你会觉得她们讲话大多很无趣，听起来也不舒服。她们破壳前待的那个蛋壳里肯定空空如也，什么知识也没有。那个姜黄色头发的小男孩保罗讲话倒是挺有意思的。吃奶酪的时候记得想我……太阳落山的时候，我会在远处祝你好梦，你会一夜好梦的。这样你就可以知道我是一直惦记着你的，你是我的好朋友，我也是你的好朋友。"

"那你什么时候回来呢?"

"等我学会控制自己的情绪。"

"你现在还在内疚吗?"

"是的。"

"我都原谅你了，想让你留下来，你为什么还在内疚呢?"

"我也不知道，可能内疚就是这样吧。我会尽快回来的。"说完，小蛇全身的鳞片闪闪发光，看起来美得让人难以忘怀。他舔了舔玛丽的耳朵，叹了口气，然后就离开了。

那条叫兰莫的蛇走了一个月又一个月，离开的时间比玛丽想的要久得多。玛丽每天都在笔记本上记录兰莫离开的时间，想着兰莫回来的时候可以好好冲他发一阵子火。可是后来呢，记录的目的变了，玛丽想告诉兰莫，他不在的日子她很想他。

与此同时，玛丽发现学校里的其他同学也确实都在竭尽所能地对她友好一点，但大多数人都很无聊。就算玛丽对课程设置有所不满，也安安静静地听着课。有时候她还会去找那个叫保罗的男孩一起散步，他俩会一起收集瓶盖,收集细绳,或者为星星取个新名字,讨论月亮的心理活动,想知道月亮会不会介意自己瘦成一道月牙或者肿成银黄色的大眼球。

可是,不管玛丽做什么,她都忘不了那条小蛇。晚上一个人躺在床上的时候,她就会默默祝福兰莫,然后在兰莫送给她的美梦中香甜入睡。当然,在梦境审查表中,玛丽对这些美梦只字未提,表上写的都是骑小马、做馅饼之类的梦,都是她胡编乱造的。

离开了玛丽后，世界上许多远的或近的地方都留下了那条叫兰莫的蛇的足迹。他坐过小船，深入过地下，进过金矿、煤矿，什么矿都进去过。他会在施工建筑的顶端俯瞰荒无人烟的城市，在废墟上观察碎石和飞尘；在高端餐厅里正襟危坐，在医院枕头下平躺；在各处满是帐篷的大城镇里优雅地滑动，在小木棚里闲逛，溜进浅水井、茶杯里和叠好的毯子里。他会在街角静静观察时而繁忙时而安静的十字路口，也会在汽车仪表盘上横躺着。他平时忙得很，一直都是这样，连他自己也记不得上一次空闲是什么时候了。他还真的想了想，就是没想起来。如果他再使劲想一想，也许就能想到没有那么多人类的时候，那时候还有很多树，他也很悠闲。兰莫很喜欢树，因为他可以在树上爬。有的时候在他送给玛丽的梦里，他们俩一起穿过很古老很古老的森林，一起一棵树一棵树地爬，从一棵树跳到另一棵树，最后跳到最高的那丛树枝上，一起看日出，沉浸在快乐之中。这样的情景让兰莫觉得很开心，比仅仅是爬上树再爬下来开心多了。

　　兰莫心里也清楚，如果没有人类帮忙，他现在会更忙碌。夜幕降临，不管在哪个城市，他都会有片刻的闲暇时光，那时候他就会蜷成一团，在微风中伸出灵敏的舌头，尝尝每片被黑夜笼罩着的土地上有多少人还在代替他忙个不停。那些人辛勤工作，帮他省了很多事儿：他不用再去拜访这个或那个人，不用再展示出自己白森森的獠牙，不用再让谁听到自己动人的声音，也不用再让谁看着自己透着诚实的红色眼睛。但是这并没有让兰莫因此就喜欢上人类。事实上，这反而让他对人类的印象更差了，不过他不管是对人类，还是对自己的工作，态度都差不多。

　　一天晚上，兰莫来到了一位老奶奶的家里。他见过很多老奶奶，这位老奶奶是多萝西·希金博特姆夫人，已经活了七十七年三个月零十四天了。这条小蛇到希金博特姆奶奶的床脚下的时候，她正坐在床上，靠着枕头，一页页地看着杂志。杂志上有发生在陌生人身上的糟糕事，也有发生在猫咪身上的有趣事。希金博特姆奶奶跟其他老太太可不一样，她看到了一张图片，上面是一只穿着针织背心的暴躁小猫，她把目光瞥到了别处。她看到了兰莫。

　　于是她放下了杂志，用老奶奶慈祥的声音轻声说道：

"你好呀！"

"你好，"兰莫用自己珍珠和巧克力般的声音回答道，
"我来这里——"

"哦，我知道我知道。"希金博特姆奶奶打断了兰莫，
"你为什么来，我知道得清清楚楚，我现在很满意。但是
如果你不介意的话，我想跟你聊聊天。"

因为之前被愤怒冲昏了头脑，后来兰莫又因此满怀愧
疚地离开了玛丽，所以他很怀念和通情达理的人类聊天的
日子。于是他就很快乐地蜿蜒前进，一路到了床上，躺在
盖在希金博特姆奶奶大腿的被子上，说："那你想聊什么
呢？"

"现在都这么晚了，好像很多事情都讲不了了。"

小蛇点了点头，在温暖的被子上找了个舒服的姿势，
然后静静等待着。虽然他一直很忙，但是他从来都是不紧
不慢的。蛇的天性便是如此。

希金博特姆奶奶开始说："我想跟别人讲，我讨厌我
的孙辈。他们有点坏心眼，来看我的时候一直给我带我不
喜欢吃的葡萄柚。别人送给他们的东西，他们如果不想
要，就会拿过来转送给我。他们有一次送了我一个塑料盒

子，里面是指甲钳和鼻毛修剪器，然而他们忘记把上面的小卡片给拿走了，上面写着：'免费礼物，来自《男士仪容》月刊，请君享用。'"

"这也太不厚道了。"小蛇说道。除了玛丽之外，就再也没有人送给他什么东西了，玛丽给了他食物、亲吻、聊天和陪伴。

"你先别开口说话。"希金博特姆奶奶又继续说道，"我生了三个孩子，两个女儿、一个儿子。我爱他们，以前我会带他们去看日落，给他们看苹果里面是什么样的，让他们听海螺的声音，在草场上漫步，带他们玩滑滑梯，可是我儿子和大女儿就只对金光闪闪的硬币感兴趣，喜欢讲他们妹妹的闲话，以弄哭她为乐。然后呢，他们生出来的孩子形迹也很恶劣。我那个无情的女儿和无情的儿子每周日都会带着他们生的一群可怕的小崽子来看我。有几个小崽子陪着我，但是我能听到剩下的那些崽子在翻箱倒柜，想找出一些不错的装饰品或者珠宝去卖掉，如果是找到了钱就更高兴了。然后我就问在我身边的那些小崽子：'是不是有人在撬我的地板？我好像听到声音了。'他们就会告诉我：'傻奶奶，哪有什么声音呀，应该只是风吹动了房梁而已。'我问：'是不是有什么小偷在开我的箱子，在我壁橱里翻来翻去？'他们告诉我：'傻奶奶，只是因为您这座房子又老又大，有很多老鼠罢了。您应该让我们把这房子给卖了，您好搬进养老院住。'我又问：'我好像听到我挂在墙上的画被人拿下来的声音，听到我的椅子被人搬走的声音？'他们又告诉我：'傻奶奶，您年纪大了，脑子可能也不大好使了，您应该让我们马上把您送进养老院里，我们好替您好好照看您的财产，这样您就不会听到什么乱七八糟的声音了。'类似的话听多了我就烦了。他们做的那么多事中，唯一一件让我舒心的就是会在1月1日那天送我一束玫瑰花。玫瑰花可是我的最爱，这束花让我的新年闻起来都是甜甜蜜蜜的，充满了色彩。"

"那是挺好的。"小蛇表示同意，舌头尝到了希金博特姆奶奶内在的精神世界，知道了她是个善良的妇人，只是现在内心充满了疑惑，感到非常非常疲倦，"那您的另一个女儿怎么样了呢？"

"我也不知道。他们可能把她给送走了吧，也有可能把她赶走了。我在我的床垫里藏着我的订婚戒指、结婚戒指，还有我丈夫在我们结婚四十周年纪念日那天给我的戒

指——在四十周年纪念日之后他就去世了。我还藏有四件
珠宝和十六件金器。这些就是我所有值钱的东西了，我想
把它们给我那个善良的女儿，但是我不知道她在哪里。等
我去世后，我那讨人厌的女儿、坏心肠的儿子和他们烦人
的小崽子肯定就会过来把我所有的东西都拿走的。"希金
博特姆奶奶沉默了，露出一副沮丧的神情。小蛇离开玛丽
后，对沮丧的理解也多了很多。

小蛇用自己灵敏的舌头快速舔了一圈周遭的空气，
说："要找到你的女儿，你要往左横穿四个国家，再往高
处跨越两个国家。"

"她现在安全吗?"

小蛇的舌头又吐了一吐，速度相当快。他又思考了片
刻，回答道："她现在安然无恙，日子过得也舒适称心。
她的内心深处只有一部分是悲伤的，那就是与你相关的部
分。你的其他孩子跟她说，如果她不离开，想给你写信，
想联系，他们就要伤害你。但是每年一月的第一天，她
都会给你送一束玫瑰花，让你的新年甜甜蜜蜜，充满色
彩。"

"啊!"希金博特姆奶奶的眼睛变成了深蓝色，她流下

了泪水。兰莫在泪水中尝到了月亮和其他野外风光的味道。随后希金博特姆奶奶又微笑了起来，说："这样就说得通了。"她拍了拍兰莫脑袋附近的被子，又问："现在我们要开始了吗？"

"嗯……通常情况下……是要开始了。"但兰莫说着停顿了片刻，思考了起来。这位老太太活了很久了，也许知道许多事情，所以他问道："我这段时间感到很生气，但同时也生平第一次感受到内疚的感觉，这让我有点困扰。虽然我东奔西跑，但是内心的愤怒与内疚依旧挥之不去，如影随形。"

"嗯……"希金博特姆奶奶在他的耳朵后面挠了挠。一般来说，这样的举动是不被兰莫允许的，但此刻却好像起到了一些安慰的作用，"那就是你爱上了谁。真奇怪，我以为你不会有这样的情感。"

"爱？"

"你肯定是因为一开始爱得太深了，或者感到太害怕了，所以才会十分生气。我不觉得你会害怕什么东西或者什么人……"

"有道理。"兰莫点了点头，"至少我觉得你的话很有道理。"

希金博特姆奶奶从兰莫的话语里听出了一丝怀疑，于是又补充道："还有一种可能性是你害怕你爱的东西……有没有什么东西是你爱的呢，小蛇?"

"没有。"

"这样哦。那就是你爱上谁了。"

这个时候，兰莫发现自己不知道要说什么，不知道要用自己美妙的声音表达什么。于是他就只是靠在老妇人的手上，让她轻抚自己金黄色的鳞片。他很喜欢这样的抚摸，这样的抚摸也让他想起了自己的朋友玛丽。希金博特姆奶奶悄声对他说："爱是一件很可怕的事情。"

"好像是这样的。"兰莫小声地说。

"但爱也可以是一件很美妙的事情。"

"也许吧。"兰莫靠近了希金博特姆奶奶一些，放松了一点，说，"也许爱就是一件美妙的事情吧。"然后他一脸严肃地看着希金博特姆奶奶的眼睛，又说："我保证，我一定会在其他人发现之前把你的三枚戒指、四件珠宝和十六件金器一起带走。我会把它们带到你女儿的房子里，她会认出你的戒指，会知道这些东西是你给她的。"

"那你会见到她吗?"希金博特姆奶奶焦急地问。

"不会,很长一段时间里我都不会见你的女儿。"兰莫答道,"但我发誓我一定会把你的宝物送到她的手里。"

"我没想到你这条蛇还会做出承诺。"

"我是不会做出承诺的。"小蛇似乎微笑了起来,解释道,"但也许我在变,我自己也不确定。"

老妇人笑了,把头靠在枕头上,闭上了眼睛。而兰莫也已经缩小了体形,帮她掖好被子。

"晚安,小蛇,还有,谢谢你。"

"我不需要你的感谢。"小蛇轻声说道。

"会很快就结束吗?"

"会很快的,然后一切就都结束了。"小蛇说,"晚安,希金博特姆奶奶。"

结束后,小蛇带上了老太太所有的宝物,他把自己的背变得宽阔而安全,扭了两下就把宝物挪了上去,看起来就跟一只金色的盘子似的。然后他越过相邻的几个国家,到了希金博特姆奶奶失去的女儿的家门口。但是他没有马上进去,他先在门口最后尝了一下空气的味道,确认了这个女儿的心和她母亲那颗曾经跳动的心一样,是善良又深沉的。然后兰莫以迅雷不及掩耳之势从门缝里溜了进去，绕过家具，最后在厨房的餐桌上留下了三枚戒指、四件珠宝和十六件金器。

　　第二天早上，希金博特姆奶奶那位失去的女儿下楼发现，自己的两个双胞胎女儿正在玩一些亮闪闪的金器和珠宝，还有三枚戒指，她立马就认出了这三枚戒指是自己母亲的东西。

　　这位女儿跌坐下来，放声大哭，还紧紧地抱住自己的孩子，虽然她的孩子并不知道妈妈为什么会这样。她的丈夫也下了楼，想吃早饭，也被她一把抱住。然后她脸涨得通红，情绪激动地喊出了几个词语，不知道是哪国语言，但是全家都明白了。他们一家人紧紧相拥。小蛇尝了尝，从他们身上尝到了悲伤和爱的味道。

　　小蛇在炖锅投在墙上的阴影里，静静地观察这一切，然后就离开了，继续忙于在各个国家间奔走。国家其实就是人为标记的概念，好把人和人隔开。

　　兰莫在满世界跑，履行自己职责的时候，玛丽在履行
自己作为小女孩的职责。玛丽长大了，长高了，有时候笨
手笨脚的，有时候举手投足之间又透着优雅。玛丽自己都
不知道自己什么时候笨手笨脚，什么时候又举止优雅了，
这让她觉得有点疲惫。玛丽还在履行自己作为在校学生的
职责。她知道了国家快乐指数的上限，知道了休闲指数，
知道了威名赫赫的将军们的名字，不管是在世还是不在世
的她都知道。她还知道了各大著名战役中军队的行军路
线。她还自己学会了一些不常用的长词语（比如说"照相

平板印刷术"）和一些与吃有关的词语（比如说"肠道蠕动"和"网纹鼻鱼"）。她还自己琢磨出了连续往上跳台阶的秘诀（她已经可以跳到近三百五十个台阶了）。她学会了烤吐司，弄懂了爸爸妈妈所有微笑和拥抱的含意。她很开心。空闲的时候，玛丽就会在小花园里玩耍，做一些冒险的白日梦。天要是变冷了，她就会想象坐在雪橇上，想象自己有几只爱斯基摩犬拉着她往前跑，啪嗒啪嗒啪嗒啪嗒啪嗒啪嗒啪嗒。然后他们穿过了雪地，经过了北极熊和企鹅。北极熊和企鹅会对自己的鹿皮大衣赞不绝口，自己坚定的神情也会赢得一片赞赏。天要是变热了，她又会想象自己在沙丘上行走，跟蜥蜴对话，在丛林中钻来钻去。沙丘的颜色是黄褐色的，跟结实的靴子是一个颜色。

"你可千万不要在丛林中钻来钻去。"玛丽往下看，发现自己的手腕上多了兰莫小巧优雅的身影，而兰莫正对她眨巴着眼睛，他也许还有点小紧张。小蛇歪了歪头，似乎想用头蹭一蹭玛丽的手掌，但是不确定玛丽是不是喜欢他这么做："你比我记忆中高出不少，你的头发也变长了。你变得可真快。"

看到自己的老朋友，玛丽很高兴，但是同时有点生

气，因为兰莫这一去就是两年多，真是一点都不为他人考
虑："你迟到太久了。你已经有八百一十二天三个小时又
几分钟没有来看我了。如果你想确认一下的话，我都有在
笔记本上记录下你离开的时间。"

"我很抱歉。"兰莫看起来确实是很抱歉的样子，"我
都没有时间的概念了。"

"那不是借口。"玛丽说。

"而且我还有很多事情要做。"

小蛇因为羞愧而嘟嘟囔囔地说着话，但是玛丽还是一
不小心就又沉醉在他美妙的声音里了，也打心眼里对小蛇
终于又回到了她身边感到高兴。于是玛丽决定再假装生气
一会儿，给小蛇上一课："现在你讲出来的话就跟大人一
样，一直都很忙，但就是不做要紧事。"

"你得全心全意、认认真真地向我保证，你永远都不
会在丛林里钻来钻去。丛林里可能有剧毒的蜘蛛，有锋利
的荆棘，还有一些没教养又讨人厌的丑八怪蛇。在沙漠
里，你也得当心，沙子里面也有蜘蛛，有粗鲁吓人的蛇
类，有蝎子和美洲狮。不管你上哪儿都要小心。其实，你
也许应该老老实实地待在你的这座城市。"

　　玛丽抬起了自己的手，好让小蛇的高度和她齐平。她冲小蛇笑了笑，然后一本正经地亲了亲小蛇的头："欢迎回来，兰莫。我本来想给你点奶酪吃的，但是我家已经没有奶酪了。可如果要去养着奶牛的乡村的话，坐火车又有点不方便。"说完，玛丽转了一个又一个圈，因为她实在是太开心了。兰莫肯定，没有哪个人笑起来跟玛丽一样。兰莫摇动自己的鳞片，发出银铃般的声音，仿佛远处有人在某个静谧的地方用自己灵巧的手指在弹奏水晶竖琴。能够成为玛丽的朋友，兰莫感到很高兴。

　　兰莫在和玛丽转圈圈的时候，又注意到这座城市比记忆里更加忧伤了：有的墙上喷绘着一些愤怒的话语，人行道上脏兮兮的，有的地方破破烂烂的；天上也没有几只风筝在飞，就算有，给人的感觉也像是被遗忘在屋顶和阳台，孤零零地在天上飘荡。他舔了一下空气，发现空气里再也没有了欢笑的味道。在金光闪闪的塔楼的那个方向，更多的高楼大厦拔地而起，高楼的边缘也更加锋利了，好似要把天空都给割裂了。新的高楼满是空无的味道。

　　小花园里，玛丽的父母在玫瑰丛周围种上了豆子和卷心菜，摆上了一些种着药草和西红柿的花盆，还放上了很深的桶来种土豆。这些土豆苗看起来怒气满满，好像今年压根儿就不想长出土豆来，也有可能它们从来就没想过要长土豆。

"对了，我给你看看这个。"说着，玛丽带着小蛇跑进了屋子，小蛇在她手心安稳地坐着，像是一个没手没脚的小皇帝。"在那里!"玛丽停了下来，喊道（从小花园到玛丽的家从来都用不了多少时间）。在小厨房的一个角落里，有一只小猫咪在玩木球。这只小猫咪是玛丽获得了爸爸妈妈的准许后才养的。开面包店的那位善良的女士有一只母猫，生了四只小猫，一只白色、橘色和棕色，一只白色、灰色和棕色，一只姜黄色和白色，还有一只全身都是黑色的。那只全黑的小猫咪有着最聪慧的眼睛，所以玛丽选了它。

面包店的老板娘养猫是为了治老鼠，因为老鼠会偷吃面粉。虽然现在有很多老鼠，但是她现在只能养得起两只抓老鼠的猫，所以她不得不把其余的猫送掉。而且，她现在也分不起面包了。

小蛇研究了一会儿小猫，感叹道："太棒了!"还没等玛丽开口说什么，他就从玛丽的手上滑了下来，到了地面上，一边还把自己的嘴张得越来越大。然后他就开始吞小猫咪了，先从头和前爪开始。

"不要！"玛丽大喊。

听到这句话，小蛇皱了皱眉，停止了动作。小猫咪的后腿伸出了兰莫的嘴，扭动了几下。玛丽听到了一声探寻的"喵呜"声，声音从小蛇的肚子里传了出来。小猫咪长这么大都没有被什么东西吞下去过，他想知道发生了什么。

"嗯？"小蛇也是一脸疑惑。

"不不不！"玛丽说，"这是小影，他是我的小猫咪。你不能吃他，一口都不行。"

"呃？"

"你不能吃我的小猫咪。"

小蛇的嘴被小猫咪塞得鼓鼓的，他尽一条蛇所能地叹了口气。"唔唔——啊——喀喀。"小蛇慢慢地把小猫咪咳了出来，然后又扭头晃了几下，最后，小猫咪终于从他的嘴里掉了出来，坐在厨房的地板上，浑身湿漉漉的，露出吃惊的表情，又眨巴了两下眼睛，"啾"的一声打了个喷嚏，然后就开始舔自己的毛了，想把毛给舔顺。

　　兰莫站了起来。他直立起来的样子有点像一位受人尊重的小金人绅士，就是少了点风度。兰莫用自己最正式又最尴尬的声音说道："对不起，玛丽。我理解错了，你说你家里没有奶酪了，所以我以为你要把这个美味的……我是说这个可爱的小猫咪给我……呃……吃。"最后一个字兰莫说得很小声。

　　"我就是在跟你介绍而已。"

　　"玛丽，你不该把小猫咪介绍给蛇的。"

　　"但是你又不是蛇，你是我的朋友。"

　　小猫咪现在正平躺着，玩着自己的爪子，就好像几分钟前他压根儿没有沦为他人的盘中餐似的。兰莫谨慎地滑离了小猫咪，清了清嗓子，说："我的确是你的朋友，但我同时也是一条蛇。蛇就是蛇，本性难移。"他吐了吐舌头，想感知玛丽有没有原谅自己，得到答案后，他又像熔化的金属一样往前走，然后又出现在玛丽的手上，还直起身子用舌头挠了挠玛丽的眉毛："我觉得见不到你我很难过。"

　　"我知道见不到你我很难过。"

　　之后，玛丽向小蛇解释她约了人，还说她希望早点知道小蛇要回来的消息，但是今天是周六，周六就是约了人的日子。

"我可以跟你一起去吗？"

"我觉得不行。"玛丽拒绝了他，然后又去了自己的小房间，回来的时候身上有一股百合的味道，她穿上了一件尤为好看的裙子。这条裙子是玛丽从邻居那儿买来的，改成了自己想要的样子，毕竟玛丽精通缝纫，虽然学习过程可能有点烦人。

小蛇既不想捕食，也不想尝玛丽周围空气的味道，就让她离开了，然后整个下午都假装自己是一条细绳，好陪小猫玩耍。一开始，小蛇觉得这样的举动有点丢人，但到后来，他却已经喜欢上了这种感觉：扭扭尾巴，等小猫扑过来的时候自己再飞快地溜走；蹭蹭小猫的肚子，听他发出咕噜咕噜的声音；或者突然钻到小猫的肚子下面，微微拱起身子。等小猫玩累了——虽然他要玩很久才会觉得累——小蛇会把自己的身体盘起来，像一只篮子，让小猫睡在里面，感受鳞片的温暖。而小猫呢，睡觉的时候一只小爪子还伸了出来。玛丽的爸爸妈妈在市场里待了一天，卖了几件不需要的装饰品和图画，回到家后看到这副景象，只觉得小猫是在毯子上或篮子里打盹而已，因为人们从来都不知道小猫还可以睡在蛇的怀抱里（蛇当然没有手臂，但是他们如果愿意的话，还是可以抱抱人类和其他动物的）。

玛丽回家的时候，心情特别愉悦，还轻轻地唱着小曲：

　　　　你是黑夜但有阳光

　　　　你是海洋但无边际

　　　　你是小鸟但歌永恒

　　　　你是雄狮但无利爪

　　　　你是我的荣幸，你是我的一部分

　　　　你是我的荣光，你是我的一部分

　　　　你是我的维他命，你是我的一部分

　　　　我的朋友，我的爱，你是我的一部分

晚饭的时候，小蛇在玛丽的餐巾下耐心地等着，而玛丽和她的爸爸妈妈吃着劣质面粉做成的面包，里面还夹着沙砾。他们喝的汤所用的食材也很简单：花园里摘来的卷心菜、水和一把米饭。

吃完晚饭，这一家子就坐到了沙发上（他们的家具差不多只剩这沙发了），缩成一团，依偎在一起。为了御寒，还盖了一条大毯子。玛丽挤在她爸爸妈妈中间，而兰莫挨着玛丽。他聪明的小脑袋还会伸出来，用自己善于观察的双眼偷偷打量外面的世界。他喜欢这种温暖，也喜欢人类家庭里的这种氛围。可是他还是发现了以前铺在客厅地板上的那块亮色的毯子不见了，桌上那个常年不插花的广口花瓶不见了，就连那张桌子也不见了。

玛丽的爸爸坐在一盏昏暗的灯边上，就着昏黄的灯光给家人读故事听。他选的是家人都很喜欢的故事，故事情节大家也都烂熟于心了，讲的是一个幸运的伐木工小伙儿的故事：有一位老奶奶路过这年轻小伙儿的花园，渴了，于是小伙儿给了她一杯水。这位老奶奶出现的时候衣衫褴褛，头发凌乱，看上去有点奇怪，大家后来才知道她原来会法术。她一直满足小伙儿的愿望，让他有了自己的冒险，还介绍盔甲骑士和男巫给他认识。这个小伙儿其实觉得这一切有点吓人，而且他每天在水晶山里醒来后，要么有任务要做，要么被派去寻找稀世珍宝，这样的经历并不总是令人欣喜的。但是小伙儿很有礼貌，不管怎么样还是坚持了下来。到最后，他乘着小舟在两座奇特的小岛间航行的时候，遇到了一位美丽可爱的石匠姑娘，这姑娘最后成了他的妻子。所以在大多数时候，小伙儿很庆幸自己在老奶奶需要的时候给了她那杯水。

玛丽的爸爸决定把姑娘告白的场景读出来：这位岛上的石匠姑娘放下了手里的凿子，终于把自己想和小伙儿白头偕老的话说了出来。爸爸在读的时候，妈妈用胳膊肘轻轻地顶了玛丽一两次。小蛇已然明了：玛丽的爸爸妈妈想告诉玛丽，她今后也会像石匠姑娘一样找到她的伐木小伙。玛丽一直都很安静地坐着听故事，但是现在却在咯咯笑，听到第一次接吻的情节时还用力捏着小蛇的尾巴。

因为电是定时供应的，所以到了晚上九点半就断电了。玛丽和她爸爸妈妈互道晚安、互祝好梦后，就打算睡觉了。先是玛丽的妈妈用洗手间，再是爸爸，最后才是玛丽。

玛丽关了灯，钻进了被窝，而兰莫也在玛丽的枕头上找了个满意的姿势，把身体盘成一团，他早就想这么做了。兰莫的眼睛发着微光，他问玛丽："玛丽，你能跟我讲讲爱吗?"

"我不知道你在说什么。"说着,玛丽的脸唰地就红了,小蛇在黑暗之中也感受到了。这可能是玛丽对小蛇撒过的唯一的谎吧。但是我们应该可以原谅她,因为也没有多少人是真真正正了解爱的,也许玛丽只是不想说错话,误导她的朋友。

"玛丽,好几个世纪了,地球的每一寸土地上都有我的足迹,我也遇到了很多很多人类。以前,工作的时候我都心无旁骛,对了解、理解他们没有任何兴趣。这可能是因为那些人看起来是复杂又奇怪的生物,也可能是因为那些人都很短命。可是自从我遇到你之后,我开始关注他们了,而且我在他们之间已经能嗅出爱的味道了。有的人爱地方,有的人爱事物,有的人爱自己,有的人爱他人,而你身上是爱他人的味道。"

"嗯……我爱你呀,因为你是我的朋友,而且你也在我身边。"

小蛇尝了尝空气,有点不耐烦地咳嗽了几下,他希望玛丽能对他实话实说。"你身上的味道很不错。"小蛇说,"有小老鼠的味道,有干净的衣服熨烫时水蒸气的味道,有阳光的味道。"小蛇用自己智慧的红眼睛深深地看了玛丽一眼，又说道："但是你身上还有爱的味道。有那么一个人，你是很想亲吻他的。这是金银花和胡椒粉的味道。"

"哦……"玛丽抱住了自己，笑了，她的笑容让整个房间都明亮了，"那个你说我应该多和他说话的男生叫保罗……他和我都喜欢蝙蝠和小猫，我们也都喜欢漂流和划船。我们会一起躺在河岸上听星星们说话。河岸上的草软软的……"

"然后呢?"小蛇问，这时候小蛇觉得有点嫉妒。

"他很神奇，但不是那种和你一样有魔法的神奇，他神奇是因为他就是保罗。"

"我神奇就不能因为我就是兰莫了?"

"当然也是啦。"玛丽回答。之后她就开始长篇大论，讲保罗的头发，讲保罗怎么走路，讲保罗说过的笑话和机灵事。玛丽讲的时候手舞足蹈，虽然兰莫想方设法想让自己为玛丽感到开心，但还是觉得有点无聊，最后他睡着了。

　　兰莫醒来的时候，太阳也要升起来了。其实昨晚玛丽的声音越来越小，说着说着就睡着了。从那时候开始，兰莫就一直是醒着的。玛丽说到睡着，并不是因为讲完了保罗的好话，纯粹只是因为她最后实在是太沉浸在对保罗的爱中了，她的身体就让她悠悠进入了梦乡。在梦里，玛丽在满是珠宝的奇幻洞穴里探索，在银矿和金矿里摸索，洞穴里的钟乳石从拱形的洞顶上悬挂下来，石笋则向上生长着。玛丽的梦里没有保罗，也正是在这时候，玛丽意识到，爱上了保罗也就意味着她再也不能成为著名的女探险家了，除非保罗也爱冒险。也不知道为什么，玛丽从来都没有在保罗面前说过自己想要成为一个探险家，可能是因为这个梦想对玛丽来说十分重要吧，她不想受到保罗的嘲笑，也不想被保罗嗤之以鼻。有的人傻乎乎的，听不到星星在讲话，明明可以躺在松软的草地上，被小草挠痒痒，闻着小草的清香，却要躺在地毯和沙发上。讲到这些人的时候，保罗总是会冷嘲热讽、嗤之以鼻。玛丽不想成为下一个被嘲笑的对象。

玛丽还在梦乡里的时候，兰莫已经像丘比特的箭一般快速地到了一个**爱民如子的伟人**的家里。伟人的家在悬崖边，窗户又高又长。这里可以俯瞰大海，也是绝佳的观察暴风雨、观赏日落、观看鲸鱼群和海豚群游过的地方。**爱民如子的伟人**有时候会打开自己的窗，走到阳台上，站在那儿，感受微风讨好似的触碰自己的鼻尖。他穿着非常朴素的衣服、普通的鞋子，戴着平平无奇的领带。朴素的衣服显示出他的谦卑，普通的鞋子体现出他的可靠，而平凡的领带表现出他的体恤民心和不张扬的艺术品位。在他看来，让大海抬头仰望自己这样非凡的人物是完全合理的，因为大海最终也会因为看到了他而感到高兴。他很确信，鲸鱼和海豚就算是只知道自己的住处，生活质量也能得到提升。他还会时不时地对海浪来上一段慷慨激昂的演讲，看看海浪是不是足够鼓舞人心、令人赞叹。他做的一切都是代表人民，这当然因为他是一个谦卑有礼、心怀人民的人物啦。

这天凌晨，**爱民如子的伟人**失眠了，因为他昨天收到了一封来自将军的信件。将军在信里说，伟人以人民的名义发起的战争已经杀了八成的敌人了，现在还在负隅顽抗的敌对城市就只有一座了，那就是托特城，但托特城里都是老弱妇孺。将军写信来是想告诉伟人托特城已经投降了，战争很快就要结束了。这是一件好事，因为**爱民如子的伟人**百分之七十五的子民都死在了这场战争中，现在每个人都想要好好休息一下。伟人想了一整夜，他思考着，在这种情况下怎么做才能最显仁慈、最显睿智，因为他有一颗柔软而细腻的心，对待老人和颜悦色，还会礼节性地亲吻妇女和孩童，以示仁爱。思虑过后，他给将军写了一封回信，叫了个信使，把这封回信交给了他。

信里写道：

我方雄师的总司令和将军:

　　作为一个谦卑又有爱的领导人,我想先代表人民向你们的英勇表示感谢!感谢你们给我带来了最新战况。你们在信中说道,托特城里有年长的敌方势力。可是,众所周知,年长的人阅历丰富、满怀智慧。如果让敌方的记忆和智慧遗存在这个世界上,那么敌军一定会死灰复燃的。因此,年长者,杀无赦。托特城里还有敌方的女人存活着。这些女人可能会生出下一代敌军势力,还可能会对我们处理他们的手段产生愤恨之情。因此,女人,杀无赦。城里的孩子长大后也可能成为我们的敌人,而且只会比我们现在遇到的敌人更想找我们报仇,他们也会有下一代,这样下去,这世界上的人终将都是我们的死敌。因此,孩童,杀无赦。我亲爱的子民中还有百分之二十五仍然幸存于世。我拼尽全力保护他们的生命,他们却没有崇高地奉献出自己的生命,对消除托特城的威胁没有起到半点作用,他们肯定都是叛国者。因此,城中遗留的我方百姓,杀无赦。二位率领的士兵一旦完成守卫人民的任务,劳请二位向他们解释,因为他们没有杀死藏在我们这荣耀之国的叛国者（和托特城里邪恶的人民），所以他们也是叛国者。因此，他们必须杀死对方，然后自杀。二位，我忠诚又勇敢的指挥官，居然让我终止这场以人民为名义的伟大战争，这说明你们对我们的这场伟大战争的崇高使命一无所知，二位也是叛国者。因此，一旦确认其他人都已死去，你们二位必须自刎。

在此致以亲切的兄弟爱和伙伴情，我亲爱的将军。


**爱民如子的伟人**写完信后还自己大声朗读了几遍，确保这封信充满着爱和公正。然后他想把信递给信使，可是信使脸色苍白，双手颤抖。

信使可能意识到没有及时出发肯定会招来杀身之祸，于是就问道："我满身荣光的领袖，为何您阳台护栏上有一条金色的蛇在蜿蜒爬行？"

**爱民如子的伟人**听到这个问题当场就笑了，但是也好奇地转过头去仔细看了看护栏，还真发现了一条美丽的蛇躺在上面，这条蛇他之前从来都没有见过。蛇尾巴末端微微晃动着，那双深红色的眼睛正凝视着他。这双眼睛让**爱民如子的伟人**（之后我们就叫他"爱民伟人"吧，因为我们的称呼实在是太长了，而且我们马上也不大需要他了）感到心烦意乱，因为这双眼睛让他想起了自己在多年前烧毁的第一座城市，那时的那座城市火光冲天。

"早上好呀！"小蛇开了口。

小蛇这一开口，"爱民伟人"的手都捏不住自己的信件了，甚至都没注意到信使从阳台逃了出去。这位信使一直跑啊跑，跑出了大宴会厅，然后沿着楼梯一路向下跑，穿过了庭院里一个又一个郁郁葱葱又极尽奢华的花园。他又继续跑啊跑，穿过战场，穿过一座座村庄的废墟，穿过被烧焦的果园，最后回到了自己的村庄，回到了自己的家。他的两个堂兄弟都还活着，母亲也健在，于是他就和他们一直生活在一起，对自己为"爱民伟人"工作的这段时间绝口不提。

一切都要开始的时候，"爱民伟人"就只是简单地站在原地，咽了两下口水。

"过去的这几年间，你还真是替我减少了不少工作量。"小蛇用自己最迷人的声音说道，"一直以来你就坚定不移地做着我的工作。"小蛇的话透过空气，像丝绸一般轻轻地落下。他又快速地吐了几下舌头，尝了尝"爱民伟人"的迷惑。"放在以前，我在做必要的工作时，一般是不会对人有什么私人看法的。可是，最近有人教我要对人类的生活更感兴趣一点，而我……"说着说着，他停了下来，皱起了眉头，要看到他皱眉其实挺难的，因为他根本就没有眉毛，也没有严格意义上的额头，"我是真的不喜欢你。我很高兴今天我们见面了。"

"但是我可是**爱民如子的伟人**啊。""爱民伟人"吼道。

"你才不是。"小蛇眨了眨眼，视线下沉，想着"爱民伟人"，一直透视灵魂、钻入心灵，马上就有了答案，"不，你就只是叫'奈杰尔·西蒙·比奇'而已。我应该还挺享受这个过程的。"

然后小蛇张开了嘴，白森森的尖牙在晨曦中闪着微光。这一切瞬间就结束了。

玛丽醒来的时候，兰莫已经回到她的枕头上了，他一脸满足地看着她。兰莫身上一点都没有奔走千里后风尘仆仆的气息，就连他身上最小的那片鳞片也没有透露出什么。

"你好呀，玛丽。我们要一起去上学吗？"

"不去，傻瓜，今天是星期天呀。今天我要先去街角的那家小店打扫卫生，然后再帮忙把货架排排整齐。我的工作就是做这个。午饭过后，我们就可以沿着格兰德大街走一走，吃吃冰激凌。我可以用我自己的工资买一个冰激凌吃，剩下的钱就要给我的爸爸妈妈了，因为家里各方面都有点拮据了。有时候我还会捡一些易拉罐或者硬纸板回家。"

"打扫卫生和排列货架我可能不感兴趣。"小蛇说道，"我就和你的爸爸妈妈一起待在家等你做完工作吧。"

"打扫卫生是有点无聊。"玛丽对兰莫的话也表示同意，"现在在那儿打扫卫生都不用整理货物了，我工作的时候其实也就是把易拉罐拿走。虽然我家真的还挺需要我赚的这份工资的，但是我觉得再过几周，帕弗斯先生应该就会说他付不起我的工资了。"

玛丽看起来很忧伤，她说话的时候，兰莫感受到了沿着脊柱一路传来的凉意。虽然这让兰莫更了解爱，但是这让他自己也变得忧伤了，他觉得自己的脑袋仿佛被重击了，眼睛也一阵刺痛。为了哄玛丽开心，兰莫让自己的鳞片发出"啪嗒啪嗒"的声音，听起来就跟美丽又心善的金色小鸟拍动翅膀时羽毛发出的声音一样。兰莫还在玛丽的毯子上来来回回跳着舞。跳到最后，他自己也没了力气，闪着微光，微微散发出热量，但人们在看到他的时候，仍然会发出惊叹。

　　兰莫的努力没有白费，玛丽确实忘却了自己的烦恼。一般情况下，玛丽都会让自己不要沮丧，想在大多数情况下都开开心心的。自然，小蛇也尝出来了，玛丽爱上了保罗。这种感情点亮并温暖了她的内心，让她忘记忧愁。

　　玛丽的早饭是一碗用水和茶叶煮成的米糊，米糊里没有牛奶。吃完早饭后，玛丽就出发去了帕弗斯先生的店铺，而兰莫就待在狭小的客厅里，躺在壁脚板上，假装自己是一段非常好看的电线。玛丽的爸爸妈妈吃完早饭后打扫了卫生，然后就坐到了沙发上，默不作声。他们根本就没有注意到小蛇的存在，可能是因为他们都是成年人了，也可能因为他们两个都直直地盯着前方的什么东西在发呆，好像这个东西在不久的将来会出现在他们的世界里，但他们并不喜欢这东西。过了一会儿，玛丽的爸爸握住了玛丽妈妈的手，而玛丽的妈妈把头靠在了玛丽爸爸的肩膀上。

　　"一切都会好起来的。"玛丽的妈妈说。

　　"也许吧，最后是会好起来的。"玛丽的爸爸回答。

　　但二人的语气听起来都不大相信一切真的会好起来。

　　兰莫这时候就很想尽可能高地直立起来，让玛丽的爸爸妈妈心生敬畏，然后再向他们宣布："你们现在必须立刻动身前往普迪提之地。在那里，只要你们活着，每一天都是安安稳稳的！你们必须听从我的指示，即刻动身，明早动身也行。随身携带的行李绝不能是累赘，是要那种即使长时间背着也不会感到疲惫的行李！你们的城市现在太过悲伤了，风筝也飞不起来了。你们难道看不到一切都已经发生变化了吗？这悲伤时期会强迫你看着自己所有的东西被抢走，你们必须在这之前就抛弃自己的所有！悲伤时期会让你们受到伤害的！你们俩必须要毫发无损，必须要继续安安稳稳地活着，因为玛丽爱你们，我也……我也……我也是因为爱玛丽才会有这个想法的！"

但是他知道，玛丽的爸爸妈妈既听不到他说话，也看不到他的存在。他们可能根本就不想让他待在那里，也不会想要弄清楚他到底在讲什么。人类常常就是这样，不愿意丢下自己在一个地方所拥有的东西，也不愿意去另外一个地方，直到发现这个地方已经不是安全的藏身之处为止。

小猫正躺在玛丽妈妈的大腿上，试图让玛丽的妈妈感到一丝温暖与慰藉。兰莫朝小猫眨了眨眼。小猫受到兰莫摇动尾巴的诱惑，从玛丽妈妈的大腿上跳了下来，嗒嗒嗒嗒，四只柔软的粉色小脚落了地。然后兰莫和小猫就在小花园里一起玩耍了，到后来，他们满脑子都没有其他烦心事了，有的只是快乐。有的时候，我们不知道下一步做什么，或者事情已经无法挽回的时候，和朋友在一起享乐才是最好的，这也可以让你的意志更加坚定。

　　玛丽下了班回到家的时候灰头土脸的，也很累，但是她手里拿着一包碎了的意大利面，这让家里的每个人都感到很高兴（兰莫并不喜欢意大利面，因为他觉得人们在吃意大利面的时候好像在吃很小的蛇）。玛丽的爸爸拥抱了玛丽和玛丽的妈妈，玛丽的妈妈也拥抱了玛丽和玛丽的爸爸。玛丽一家三口拥抱的时候，兰莫一直都像一条项链一样在玛丽的脖子上环绕着，这样他也就能够感受到多个拥抱、多个笑容了，虽然拥抱和笑容的原因很简单，只是一小份碎掉的意大利面而已。兰莫觉得人类几乎可以在任何境遇下说服自己继续生活，他们还非常乐意保持愉悦，保持勇敢，就是有许多人实在太蠢了，有点可惜。

　　小猫也得到了拥抱，鼻子被亲了几下，还得到了一把帕弗斯先生店里卖的小饼干猫粮（养宠物的人越来越少，

所以帕弗斯先生可以送掉一些宠物食品，也不用担心不够
卖，因为几乎没有人买了）。

这一家子人类的午餐是水煮意大利面，他们稍微吃了
点鼠尾草和西红柿。鼠尾草和西红柿都是花园里摘的。每
个人都觉得这午餐称得上是一顿大餐了。之后玛丽换上了
自己最漂亮的裙子（这条裙子是玛丽用妈妈最好看的裙子
改的），开心地小跑着就出了门，和兰莫一起直奔格兰德
大街。兰莫坐在玛丽的肩膀上，像一只又长又瘦的金
丝雀。

格兰德大街不如几年前那么宽阔了，街上许多又高又
宽的橱窗都空了，或者被木板围住了。瓦尔德马尔街道街
角的那个市场也是静悄悄的。玛丽之前很喜欢这个市场，
因为原先这里堆着五彩缤纷的香料，像是一道香味彩虹；
原先这里五颜六色的水果和蔬菜也都被人仔仔细细、整整
齐齐地摆放着。而现在，丝绸商人已经没了踪影，皮具手
工艺人也只是在卖卖拖鞋、脏包和旧袋子了，只有冰激凌
推车还在这儿，尚松先生还在卖华夫甜筒冰激凌、雪糕和
冰棍，不过也没人会问他他的货是哪儿来的。他的冰激凌
还是那么美味：有草莓味、香草蛋糕味、越橘巧克力味、

纯巧克力味、柠檬味和板栗蓝莓味。

玛丽也开始排起了队。小镇里的人都有点迫不及待地想要尝尝冰激凌的味道，表现出来的样子好像周日还是如几年前一般悠闲惬意。兰莫从来没吃过冰激凌，所以有点跃跃欲试："玛丽，我吃什么口味的冰激凌比较好呀？"

玛丽没有立马回答，所以兰莫从她的肩膀上滑了下来，靠近她的耳朵，问道："有什么问题吗？"

"只是……"玛丽轻声说，"我只买得起一个冰激凌。我爸爸妈妈还需要我剩下的钱呢，我要是买两个的话，对他们来说有点不公平。"

"嗯……"兰莫随后又咧开了嘴，露出了大大的笑容，"但是我可以让人类觉得我们已经付了钱，然后他就可以把冰激凌'卖'给我们啦。我还可以让他觉得我们已经付了一车冰激凌的钱，每种口味我们都买了。"兰莫的笑声像天鹅绒一般丝滑和温暖，好像都能把冰激凌给融化了。

"不不不，兰莫，我们不能这样，这样也太坏了。尚松先生还需要钱来买神秘的牛奶，给我们做更多的冰激凌呢。我们不能把坏主意打到他身上。他是个好人，他还会把巧克力碎、调味汁或者卖剩下的一点冰激凌免费送给人们吃呢。"

兰莫的身体稍微缩小了一点，他靠着玛丽的脖子说道："我真的是不懂人类。有的人无时无刻不在偷东西，有的人呢，又从来都不会偷东西。你们就不能在需要的时候，在某个特定时间偷一点东西吗？"

"我觉得不行。"

"但是你已经很饿了，而其他人的食物多到吃不完。"

"是啊，但是这个世界就是这样。"

兰莫想了一会儿，觉得他不大满意这个答案，说："这个答案我不大满意。"

"我知道。"玛丽说，"但是在我问为什么世界上有的人有食物，有的人却没有食物的时候，爸爸妈妈和老师就是这么告诉我的，这也是他们给我的唯一答案。"

这个时候，我们的两位朋友来到了队伍的最前头，小蛇让玛丽选她最爱的口味的单球华夫筒冰激凌，因为小蛇哪种口味的冰激凌都没尝过，也不知道要选什么口味："你觉得柠檬怎么样？"

"柠檬就长在树上，静静地挂在那里，随随便便就能采到它。所有的水果都这样。"

"这些水果都很蠢，难怪谁都能吃它们。"说着，兰莫舔了一圈空气，尝到了冰激凌香味里的香甜软糯，这味道太美妙了。这味道让小蛇感到有些头晕目眩的，他都记不清上一次让他头晕目眩的是什么东西了："你喜欢草莓味吗？"

"草莓味是我最喜欢的味道。"

"那我们就吃草莓味的。"

玛丽买了个草莓味的单球冰激凌，付了钱，然后慢悠悠地走到一棵大树下。这棵大树很友好，长在格兰德大街上好几年了，现在已经成为格兰德大街的地标，也是人们见面的好去处。大树下有一张小长椅，玛丽手拿着华夫筒坐了下来。兰莫又缩小了一点，用身子缠住了冰激凌，让自己的头和冰激凌齐平。冰激凌的凉意让兰莫有点想睡觉，但他还是有点兴奋。玛丽等着，而兰莫吐出了舌头，他的舌头晃动着，越来越靠近冰激凌，最后舔到了一点点的冰激凌，有一嘴那么多："嗯……"

之后，这两位好朋友就一边坐着看行人路过，一边轮流舔着冰激凌。

"嗯……"兰莫评价。冰激凌让他的舌头都感到麻木了，这样的事情之前从来都没有发生过。不过虽然这种麻木给他带来了些不便，但他还是挺喜欢这种感觉的。他又像一只气喘吁吁的小狗一样伸出舌头舔了会儿温暖的空气，然后再继续投入地吃冰激凌，"吧唧吧唧"。兰莫之前从来都没有吃过比这更美味的东西，也没有这么快乐过。

冰激凌吃完了，玛丽开始吃华夫筒，发出"咔嚓咔嚓"的声音。在兰莫看来，这声音听起来有点像小老鼠偷食的声音。兰莫懒洋洋地靠在玛丽的肩膀上，身体下垂，只有一条灵活的尾巴抓紧了玛丽的胳膊。他觉得很开心，因为活了那么久，他终于再一次体会到了新鲜事物的快感，因为他和朋友在一起，也因为他的朋友很开心："咪尼玛尼哄。"

"你在说什么？"

"伊比比啦比哈。"

"哎哟，兰莫，你的舌头都被冻到了哦。"玛丽说完就咯咯笑了起来，声音尝起来是草莓的味道。

"介过好好次。"兰莫终于说出了一句话，自己都笑了出来，"偶得了舌头冻结麻木症。"

"根本就没有这么个病。"

"肯定有。我现在就得了这个病。"

本来兰莫可以这样度过一整个下午的，但是他发现，玛丽抬头看了眼大街后就转过身体，屏住了呼吸。映入眼帘的是一张称得上是熟悉的面孔。兰莫说："那个人看起来好像保罗，只不过是长高版和长大版的保罗。"

玛丽对着保罗招了招手，好像他们两个人约好了在这儿见面似的。"他当然长高长大了，毕竟都过去那么久了。"

"好吧，但这好像不是一件好事。"

保罗已经离得很近了，兰莫意识到让自己的舌头冻到麻木简直是个天大的错误，因为他的味觉可能好几个小时都不能恢复正常。如果玛丽爱保罗，也许也会想和他结婚，或者想和他一起到北极去划皮划艇，做一对神仙眷侣，那么小蛇就必须清清楚楚、明明白白地好好尝尝保罗身上的味道，看看他是不是值得托付，看看他是不是也爱玛丽，看看他是不是个皮划艇能手。兰莫心想：做人类应该就是这样，从来都不能真正地知道、了解一个人的内心。人类出生的蛋壳里什么都没有写……人类真的是被造物主遗弃的可悲生物。

　　因为舌头已经失去了用处，所以小蛇就坐在原位，瞪着眼睛，用审视的眼光盯着保罗看。

　　"啊，那条蛇又回来了！"保罗一副怒气冲天的样子，继续说道，"蛇，上次你在的时候把玛丽给咬伤了。虽然玛丽告诉我你不是有意这么做的，但是我必须得告诉你，要是你下次再咬伤她，那你恐怕也得咬伤我，因为那时候我和你之间会有一场搏斗。"保罗蓝色的眼睛里闪耀着勇敢的光芒，他头发的姜黄色也愈加鲜亮。他还想站起来，好显得自己的块头更大些，即使他现在还瘦得皮包骨头。如果你在路上碰到了这么个路人，估计也不会瞧上第二眼。但前提是，你不是玛丽。

　　玛丽——玛丽本人——把保罗拉开，让保罗不要再继续说下去了："没有搏斗，拜托了。我不允许。"

　　兰莫在玛丽的肩膀上一直伸长着自己的脖子（同时也是他的背和身体的中间段），以直面保罗，说道："你要是和我搏斗，你就见不到明天的太阳了，你也就失去了和其他人搏斗的机会了，永远失去。"

　　"我不介意。只要玛丽是安全的，我被咬上一口又何妨。"说这话的时候，保罗的双手直哆嗦，声音也在颤抖，

　　但他还是眼睛眨都不眨一下地看向了兰莫深邃的眼睛。

　　然后兰莫点了点头，冲保罗眨了眨眼，用富有弹性的舌头快速舔了舔他的耳朵（虽然舔的时候保罗尖叫了）。兰莫对保罗说道："保罗，你是个不错的小伙子。我觉得你会像我一样好好守护玛丽。在我必须在世界范围内奔走忙碌的时候，你可以在某些没有我的场合好好保护玛丽。"兰莫的声音让人觉得仿佛在泡了很久的澡之后被一条温暖的浴巾所包裹。

　　"我可以照顾我自己的，你就不要操心啦。"玛丽说。她一边说着，一边捏紧了保罗的手，保罗都有点被捏痛了。然后玛丽亲了亲保罗没有被兰莫舔过的那边耳朵，说："我们会互相照顾的。"

　　他们仨在飘满粉尘的昏黄阳光中漫步，路过一家家空空如也的店铺。"记住，"小蛇开口说道，"记住你们产蛋的时候一定要在温暖又干燥的沙子里，选的地方还得远离人群，远离人们的愚昧与愤怒。"

　　玛丽对兰莫的话没有做出任何回应，倒是脸红了起来。但是保罗悄悄地说了一句："我觉得人类的孩子也许不需要沙子吧，人类好像也不会产蛋。"

　　小蛇摇了摇头，觉得这对年轻小情侣有点笨，关于要怎么当好父母，他们还有很多很多东西要学呢，但他们可能还有时间来学吧。"我觉得你应该要跟比你有经验的人类确认一下。"小蛇说，"现在呢，玛丽，你必须得跟保罗讲探险的事情了，问问他愿不愿意和蜘蛛一起睡在帐篷里，和蝙蝠一起睡在洞穴里，或者和豹子一起睡在丛林里；愿不愿意和鳄鱼摔跤，挠河马痒痒；愿不愿意做合格的探险家会做的其他事情。因为如果他是那个要与你共度余生的人，他需要知道许多类似的事情。"

　　"他才不会和鳄鱼摔跤呢。"玛丽对兰莫说，"不要开他玩笑。"

　　"而且我也不是很想去挠河马痒痒。"保罗点了点头，对玛丽说的话表示赞同，"但是我可以用两块木头和一根鞋带来生火，我可以找到北极星。一直以来我都很想去探险，在鲸鱼边上游泳，在大草原上骑着马呼啸而过，在……"

　　说着说着，保罗就没了声音，因为玛丽吻住了他。玛丽实在是太高兴了，她和保罗两个人本身就如此相像，现在又都有这么一个探险梦。然后这两个小年轻就抱着对方，转了一圈又一圈，最后几乎在不平坦又脏兮兮的小路上跳起了舞。每个看到如此景象的人这辈子都不会忘记玛丽和保罗身上散发出来的光芒。这两个人都用心且温柔地对待彼此，并沉浸在爱情的喜悦当中。日后虽然时过境迁，但这个画面将会永远被人铭记。在跌落低谷、遇到困难或者遭遇不幸的时候，人们的脑海里就常常会浮现出女孩和男孩在路上跳舞的身影，女孩和男孩的头发还映着昏黄的阳光。一想到这个画面，人们的脸上就会浮现出淡淡的笑容。

　　当然，玛丽和保罗停下舞步的时候，小蛇已经不见了踪影，虽然他也很喜欢跳舞。

　　小蛇又在全世界奔走，他的速度比威逼利诱和流言蜚语都要快。他在工作期间遇到了许多人类。他遇到了喜欢看自行车靠在墙上的女人，喜欢苹果的男孩，拉小提琴的年轻女人，爱上了吹长笛的女人的人，因为不为人知的原因而憎恨每个人的老头。有的时候兰莫也会遇到小女孩，这些小女孩会让他想起玛丽。在那段时间里，小蛇会在玛丽所在的国家日落的时候给他的朋友送去香甜美好的梦。

　　一天傍晚，兰莫遇到了一个在跳舞的男人。这块土地上的太阳正从小小的圆顶山丘背后缓缓滑过，投下长长的玫瑰色光线。玫瑰色光线穿过草丛，让这个男人看起来更高、更瘦了。男人的妻子从厨房看着他。兰莫可以感受到这个妻子对丈夫深深的爱，这爱像涓涓细流一般在草丛里聚集。厨房里悠扬的音乐声也飘到了外面，男人跳起了舞。他把手臂挥过了头顶，又多跳了几个舞步。他看起来一副幸福快乐的模样。

小蛇本来打算张开嘴，露出自己的牙齿，但随后他就听到了涓涓的音乐声，感受到了涓涓的爱，也跳起了舞。男人一左一右，来回挪动着脚，有时候又转个身。小蛇就在男人的脚步间跳舞，左左右右，前前后后。小蛇扭动着自己的肚子（他不常这么做），抖动着自己的背（他从来都没这么做过），用自己的尾巴支撑着身体，直立起来来回晃动，还闭着眼睛随音乐点着头。有那么一瞬间，他觉得自己很满足。

"你跳舞跳得还开心吗？"

兰莫听到了这个声音后睁开了眼睛，抬头看了看。那个男人笔直地站着，正面带微笑地看着他。

"你这个小家伙可不一般。"

奇怪的是，兰莫居然有一会儿喘不上气了。他还想继续跳舞，所以他讲话的声音就有点像汽笛声，听起来像是被冒犯到了："我当然不一般。你这辈子也不会碰到第二条跟我一样的蛇了。"

这时候，男人皱起了眉头，很快就在草地上坐了下来。"啊，我知道了。"之后他频频点头，望着太阳一点点下坠，离山丘越来越近，好像非常想给予山丘温暖。"是的，我知道。"男人用手穿过自己的头发，又点了点头说道，"我知道。"

小蛇本该向这个男人亮出自己的尖牙，但他没有，反而滑了过去，坐到了男人的膝盖上，开始打量这个男人。不知道有多久都没有人注意到兰莫了，兰莫上一次和人类讲话还是和玛丽在一起的时候。

男人轻轻地抚摸着小蛇的脖子，说："朋友，我常常会想到你。"

"我还不能算是你的朋友呢。"小蛇说。

"好好好，那你就是我的客人。"

男人悲伤地轻轻抚摸着兰莫的鳞片。兰莫很喜欢这种感觉，他觉得自己越来越困，最后还睡着了。

兰莫醒来的时候，他发现自己已经不在原位了，现在正卷成一圈，躺在某人给他挖的小洞里。这个小洞隐藏在茂密的草丛里，草丛散发出香甜的气息。人们留着这些草给野花提供遮蔽。一般来说，小蛇是不会睡着的，尤其是面对人类的时候，所以小蛇想知道自己是不是哪里出了毛病。小蛇探出身子，四处看了看，发现自己在那个跳舞男人的草坪边缘，而男人和他的妻子正在草地上一起跳着舞，他们的手臂紧紧环绕着彼此。音乐从屋子的窗户里倾泻而出，落到花园里修剪得整整齐齐的草地上。小蛇尝到了一种截然不同的爱，这种爱在小草的叶片上奔涌而过，在空气的流动中喷薄而出，好似让每个人都置身在爱的瀑布里。这份爱太厚重了，这阵音乐太浓郁了，这对夫妇就只能非常缓慢地挪动着步伐。可能因为爱和音乐都过量了，小蛇才会睡着。

夫妇朝小蛇这边看了看，发现小蛇正看着他们。"我们想一起离开。"妻子说着用手捂住了丈夫的嘴，不让他说话。

小蛇摇了摇头，因为小蛇每次工作的对象只能是一个人，两个人是不允许的。

但是这两个人看起来实在是太悲伤了。

"你们中一个人时日无多了，另一个人却可以长命百岁。"

"没关系。"妻子边说边直直地盯着兰莫看，她对丈夫的爱足以让她也能清清楚楚地看到小蛇，"我不介意。你是世界上最美丽的蛇，我们希望你能够用世界上最美丽的方式来结束我们的生命。拜托你了。"

兰莫尝了尝空气，知道妻子所言非虚，字字属实，问道："或许你现在就可以离开？"

"如果是和我的丈夫一起离开，我非常乐意。没了他，世界也就没了颜色，没了音乐，没了舞蹈。这样的世界，我也不想再待了。"

丈夫和妻子都看着兰莫，他们握着对方的手，等待着兰莫做出下一步动作。

小蛇也只得同意二人一起离开。但在让二人离开之前，兰莫和他们跳了最后一支舞，直到日落西山，夜幕降临。北极星亮起，兰莫对夫妇二人点了点头。他俩坐到了草地上，身上仍残留着阳光的温暖、爱情和舞蹈的热度。小蛇让他们一起面对他，夫妇二人紧握着对方的手，抬头仰望星空，而小蛇也张开了自己的嘴，露出了白森森的尖牙。

之后，兰莫睡在了草丛中为他而挖的小洞里，这是第一个专门为他而做的家。醒来后，他哭了。这样的事太奇怪了，之前从来都没有发生过，兰莫觉得自己必须去见玛丽，让玛丽给自己一个答案。

　　小蛇回到了玛丽的城市，觉得时间流逝的速度比自己想象的要快得多。屋顶已经没了飞翔的风筝，街道十分寂静，偶有几声骨瘦如柴的黄狗的叫声。奢华的塔楼原来越造越多，在一块又一块街区投下影子，但现在也被人遗弃，成了又高又瘦的废墟，或者说，沦落为一堆瓦砾，残留几块地基而已。好像有几个巨人来过这儿，伸出巨大的双手，惩罚了这些塔楼。这是一条睿智的小蛇，所以他知道，是人类的双手和人类的机械设备给城市带来了这样的损害。一般来说，小蛇已经见怪不怪了，因为他见证了太多城市的兴衰。但是这一次，在他冲向玛丽家的时候，他发现自己竟然异常担忧。他希望自己永远都到不了玛丽的家，但同时又希望自己已经到玛丽家的小花园了，他在小花园里把玛丽逗得哈哈大笑。他觉得自己仿佛被撕成两半，脑子里开始有这样的想法：爱真的是个可怕的东西，但是它又让爱侣们永远都不想离开彼此，直到生命尽头也能手牵手抬头仰望星空，一副幸福快乐的模样，这很美妙。爱真的很奇怪。

　　兰莫到了记忆中玛丽的家，速度比往常慢了很多很多，因为其他事物转移了他的注意力：他发现楼房没了窗户，人没了踪影，就连小蛇的伙伴小猫咪也不在了。这幢屋子的每个房间基本上都已经搬空了，花园里的植物就算没人照料也还是长得很好，但是玫瑰花看起来垂头丧气的，好像在思念玛丽。

　　玛丽的房间里，床还在，但是毯子、床单、枕头都不在了。床上有一双绣过花的拖鞋，是玛丽之前的缝纫课作业。这双拖鞋整整齐齐地放在了一个写有"兰莫收"三个字的信封上。小蛇可以读懂古今中外所有的语言，他打开了这封信，只见信里写道：

亲爱的兰莫：

我们不得不离开这里了，而且我们也不知道会去哪里，所以我也说不上来你可以上哪儿找到我们。但是，就算你不知道去哪里找我们，我还是希望你能来找我们，因为你是我在这个世界上最好的朋友。我和爸爸、妈妈、保罗、小影明天就要起程去北方了，因为北方的情况会好很多（小影不会和我们一起走路，因为他的爪子太小了，不能长途跋涉。我们打算抱着他，反正他也不重。虽然距离你上次见到他，他已经长大了很多，但还是很轻。）。

如果可以的话，请你务必来找我。我知道你很忙，但请你一定要试试看。

保罗向你问好。

谢谢你给我送来的梦。

除了我给保罗的爱，给爸爸的爱，给妈妈的爱和给小影一点点的爱（因为他太可爱了），我剩下的爱都给你。希望你能在这封信中感受到我的这份爱。

你的朋友

玛丽

　　小蛇舔了舔信，就算信纸和墨水已经是好久之前的了，尝起来也充满了爱的味道。他闭上了眼睛，回味自己当初躺在这张床上，看着玛丽眼睛的那段日子。他的心脏在过去数千年的时间里一直都是静止不动的，如今却第一次感受到了心脏跳动的滋味。听着"扑通扑通"的心跳声，小蛇感到困惑不解。

　　小蛇用自己灵敏的舌头舔了一下空气，这样他就可以清楚地知道玛丽的去向，然后就以比悲伤更快的速度动身了。小蛇移动的速度太快了，快到人们都看不清他的身影。但是小蛇所经之处满是颤抖和哭泣的人类，这些人觉得自己必须要立刻找到所爱之人，好好看着他们的脸，把内心最柔软又最重要的话说给他们听。

　　小蛇到达目的地后，发现自己身边是一条通往树林的羊肠小道。这时候是傍晚，夕阳缓缓下沉，而这条小道上的种种迹象也表明有很多人都走了这条路。路上散落着被遗弃的行李箱、空的食物罐头和破破烂烂的鞋子，还有人在小溪边扔下了一架钢琴，估计抬了很长的路程后实在抬不动了。钢琴现在正以一个奇怪的角度靠在一棵柳树的树干上。一阵风吹来，柳枝摆动，钢琴的琴弦就为柳树弹奏出了动听的小曲儿。

小蛇在一棵橡树的树荫里看到了一个年轻女人。这个女人有二十一根白发，眼神中透露出了勇敢、善良和诚实。她脚蹬一双结实的靴子，身穿朴素舒适的衣服。这衣服是她一针一线缝制出来的，针脚细密又牢固。看起来，这个女人常常会为自己的探险和旅行做好准备，但她的表情好像又透露出她的旅行不是轻松愉快的样子。她看起来又瘦又累，帆布裤子打了很多补丁，和她的靴子看起来一样，都破破烂烂、布满灰尘。她的衬衣和外套也很破旧。

但小蛇没怎么注意到玛丽的神色（这个年轻女人当然就是他的朋友玛丽啦），他连忙兴高采烈地冲过去跟玛丽打招呼："你好呀，玛丽。"兰莫滑过草地，坐在了玛丽的肩膀上，把自己的头靠在她的脸颊上。他觉得自己的心脏正以一种奇怪的方式在体内快速跳动。

"啊，兰莫。"玛丽本来正搅动着悬在火堆上方的锅子里的米饭，这时候停下了手上的动作，开始挠兰莫的肚子。就算这样的举动对这么一条非凡的蛇来说有点不符合身份，但兰莫允许玛丽这么做。这一阵抓挠让兰莫露出了笑容，虽然蛇类的笑容几乎不能为人们所察觉。兰莫意识到，自己上一次笑还是之前和玛丽在一起的时候。

躺在玛丽脚边的是小影，现在小影已经长得很大了，是一只成年猫了。他听到了兰莫的声音后，耳朵快速抖动了一下，然后就站起来，开心地猛扑过来，好像记起了自己还是小猫咪的时候玩兰莫尾巴的那段日子。

"我就知道你会找到我的。"玛丽说，"保罗还说你找不到我，但我就是知道你会找到我的。"

"那保罗呢，他现在在哪？"兰莫问道，他担心保罗在旅途中没有很好地帮到玛丽。

玛丽笑着说："我们刚才穿过了一片林中空地，里面长着很多蘑菇。我之前在书里看到过这种蘑菇是可以吃的，所以我们扎好帐篷后，我就让他去采蘑菇了。蘑菇采来后，我们打算把一部分做成蘑菇干，一部分就着这锅米饭一起吃。他马上就回来了，今天轮到他在树上给我们搭床。"

"你们睡在树上？"

"对呀。如果有我们能爬上去的大树，我们就会在大树的树枝上露营，这样就可以免受任何危险的侵扰啦。我睡觉的时候保罗看着我，保罗睡觉的时候我看着他，就怕我们从树上摔下去，把自己给摔伤了。但没有人看着小影，因为小影已经是在树上睡觉的小能手了，他其实还教了我们很多在树上睡觉的技巧呢。对一只小猫咪来说，他实在是太聪明了。"

小影虽然站着，但是他的两只前爪都靠在玛丽身上，这样他就够得到兰莫了。他开始舔兰莫的尾巴末端，然后发出骄傲的咕噜咕噜声。兰莫允许小影这么做，但是有时候这猫会轻轻地咬他，他就不得不瞪上一眼，说："我不是玩具。"这只猫并没有完全理解兰莫在说什么，但也还是小步跑开了，去找一些可以吃的东西。人类已经不能再喂养他了，所以现在他需要自己去捕食。

有一段时间，兰莫就躺在玛丽的肩膀上，什么事都不做，专心享受着她的陪伴。兰莫已经好久没见玛丽了，于是他说道："时间过得好快啊！"

"是啊，时间一直跑得飞快。"玛丽点了点头，"而且我们也不能让时间慢下来。"

兰莫极其快速地吐了吐舌头，这样他就可以知道玛丽这一路风尘仆仆、跋山涉水地走了多少里路，平日里她又有多么悲伤。

然后我们的这两位朋友都闭上了自己的眼睛，深吸一口气，打心底感到了满足。玛丽问："兰莫，你在路上看到我的爸爸妈妈了吗？"

"我到你家的时候，他们不在家呀，而且你信里不是说了嘛，他们和你们一起离开了。"

"他们和我们一路到了城市的边缘，但后来他们说太累了，而且带了太多东西，还十分想家，让我们不要管他们，叫我们先走。然后我们在一堵古城墙脚下露营了三天三夜，我们想让他们改变主意，但每次我们让他们一同前进时，他们都拒绝了。到了第四天，保罗、小影和我醒来的时候，我们就找不到他们了。他们还把装有食物的包裹留下了，还留下了一张便条，上面说他们的脚程太慢了，会拖我们后腿。他们还把这个也留下了……"玛丽把自己脖子上的那条金项链给兰莫看，继续说道，"这条项链是我妈妈的，她结婚那天就戴着这条项链。"说着，玛丽停顿了好一会儿，因为悲伤让她讲不出话来。平复后，玛丽又说："保罗、小影和我四处找了个遍，但就是找不到他们。他们把食物留给了我们，自己吃什么？他们为什么要这么做？探险和旅程的事情我都知道啊，他们为什么不跟我一起走？"兰莫感受到他朋友的泪水滴落在了他的鳞片上。这泪水有点重，还有点刺痛。他还感受到了一种陌生的爱，这种爱让他的心隐隐作痛，让他心跳的速度也放缓了。

玛丽用很轻很轻的声音问："但是你的工作就是见人类，是吗？而且你一旦见到了哪个人，哪个人的生命就到了尽头。"玛丽搭着兰莫的手开始颤抖。

"嗯……"小蛇也轻声回答道，"是这样的。真的对不起，我从来都没为此感到抱歉，但现在我是真的很抱歉。但蛇就是蛇，我改变不了这一点，况且我还是这种蛇。"

"但是你从来都没有见到过我的爸爸妈妈，也没有对他们亮出你的尖牙？"玛丽的声音越来越轻。

"我没见过他们，玛丽。"小蛇把自己的头紧贴着玛丽的脸颊，说，"我之前见到他们是因为我和你一起在你的家里，但是他们并没有看到我，那时候还没到他们能看见我的时候。"

然后玛丽就沉默不语了，但兰莫知道玛丽想问："那你知道我的爸爸妈妈现在还在这个世界上吗?"

所以兰莫尝了尝空气,看看自己是不是能找到玛丽的爸爸妈妈。兰莫的舌头在空中搜寻了很久,本打算继续搜寻,但被玛丽打断了:"兰莫,你是不是找不到他们?"

"是的,我也找不到他们。"

"你的舌头是世界上最灵敏的了,对吗?但连你这最灵敏的舌头也找不到任何蛛丝马迹?"

"是的。"

"所以连你也找不到他们的话,他们应该已经离开了这个世界。人类替你完成了工作。"

小蛇没有接玛丽的话。

"我宁可不要做一个人类。"玛丽边说边哭,还哭了很久。兰莫也和玛丽一起哭了起来。这是兰莫唯一一次和一个人类一同哭泣。

　　保罗拿着蘑菇回来的时候，我们的这两位朋友正安安静静地坐在一起。保罗一路快乐地吹着口哨，言行举止间都透露出开心，因为他的收集袋和口袋里都装满了蘑菇。玛丽跳了起来，一把抱住了保罗，而坐在玛丽肩头的兰莫也享受着这个拥抱。

　　保罗刚看到蛇身上的金色光芒时吓了一跳，但随后就露出了笑容，说："我估计你不吃蘑菇，不吃米饭，但是我们只有这两样东西能拿给你吃了。"然后他又低声继续说道："我正尽全力好好照顾玛丽，玛丽也在尽力照顾好我。"说完，保罗像人类握手那样握了握兰莫的尾巴。

兰莫没有想到保罗居然会这样做，于是他失去了平衡。有那么一会儿，兰莫头朝下地被提了起来，被保罗握手。"喔哦!"但兰莫还挺喜欢这种感觉的，所以在保罗握着他尾巴的时候，他上下弹跳了几下，还咯咯笑了起来。兰莫想也许犯一下傻能让玛丽开心起来。事实证明，兰莫犯一下傻，玛丽终开颜。

小影叼着一只老鼠回来了。小蛇看着猫咪嘴里那可口的零嘴，有点小嫉妒。但其实他也不是真的需要吃东西来维持自己身体的基本机能，只是有时候吃点东西能让他觉得开心而已，所以他也就没有坚持要猫咪和自己分享这顿毛茸茸的小餐了。他居高临下地看着猫咪，说："天上有很多草，日落时大地又蓝又红。"小影放下了口中的食物，用舌头舔了舔兰莫，一股老鼠味。兰莫咯咯笑了起来，但之后就又回到了蛇类原本的严肃模样，从保罗手中滑了出来，挂在头顶的一根树枝上轻轻晃动。

随后，猫咪吃完了老鼠，两个人也吃了米饭和蘑菇。玛丽小心地扑灭了火，不让火堆再冒出烟来。然后玛丽、保罗和小影都爬到了一棵大树上，这棵大树是他们能找到的最大的树了。在树上，他们可以看到大大小小的火堆的光亮，但大多数土地都笼罩在一片黑暗之中，没有人家的灯火，再远都没有。

兰莫说："你们今晚可以睡一整晚的觉了，因为我会看着你们，护你们周全。"

这就意味着，玛丽和保罗今晚可以在一根又粗又老的树枝上依偎着入眠了，而小影可以独自蜷缩在一根高一点、小一点的树枝上睡觉了。玛丽睡在自己的帆布睡袋里，在她闭眼前，兰莫在黑暗中一路滑向了玛丽，一双透着智慧的眼睛发出红色的光芒："我从没见过你这样的人类。"

"我也从没见过你这样的蛇类呢。"

"这话不假。"兰莫眨了眨红色的眼睛，"一直以来，每个晚上我都奔走在各地之间，做我的工作。但今晚我就待在这儿，哪儿都不去，没有人会见到我，没有人会被我夺走性命。这一切都是因为你。"

"你可以这么做吗?"玛丽咕哝道。玛丽现在感觉很舒适，因为吃了顿好的，兰莫也已经给她送去了香甜又温暖的梦。她缓缓进入梦乡，内心充满快乐，有一种重新振作起来的感觉。兰莫还给已经睡着的保罗送去了如何变得有用、善良又体贴的梦。而给小影的梦呢，是让他在堆成山的猫粮中跳上跳下，抓老鼠时抓到的老鼠又笨又肥。

"我不知道我可不可以让本该在今晚离开这个世界的人再活下去。也许他们最后会在这个世界上又活上很长一段时间，但我不在意。从来都没有人告诉我这种情况下我该怎么做，因为我之前从来都没有想过我会有一个朋友，从来都没有想过我会明白什么是爱。"兰莫把自己瘦削的蛇肚子靠在玛丽的手掌上，接着说道，"也从来都没有想过我的心脏会开始跳动。"

"天哪！"玛丽吃了一惊，从手掌感受到兰莫刚开始跳动的心脏，心脏跳动的声音很轻，"扑通扑通"，"我一直以为你跟其他蛇类一样，本来就有一颗跳动的心脏。"

"但我又和其他蛇类不一样。"

"你当然不一样啦。你是唯一一条会和我讲话的蛇，也是唯一一条成为我的朋友、我一直爱着的蛇。"

这时候，小蛇落下了好几滴眼泪，但这并不是悲伤的泪水。之前他都不知道，原来也可以因为喜悦而落泪。然后他打了个喷嚏："阿嚏——"之后他又试着让自己的语气变得轻松点，好显得自己没有那么多愁善感，"明天，你就不要再往北边走了，走我指给你的那条路。你必须得去普迪提之地，在那里，你们都会安安稳稳的。虽说路途遥远，但是你很勇敢，是个足智多谋的探险者，所以你们一定可以到那儿。到达之后，你们再翻过几座山头，去见到的第一座城市。进入那座城市的大门后，你必须遵从我的指引，选择我让你走的那些道路。然后你必须得敲那户有蓝色百叶窗人家的门，那户人家的门也是蓝色的。"

"然后一切就都会回归正常吗?"

"一切都会以最正常的状态呈现在你眼前。"

"你会一直来看我吗?"玛丽已经知道兰莫又要走了，因为兰莫一下子给了她太多的旅程建议，"我非常希望你能一直来看我。"

"我也希望能一直来看你。"兰莫紧贴着玛丽的下巴，玛丽还是个小女孩时，他就这么做。

"晚安，我的朋友。"

"晚安，我的朋友。"

"祝你好梦。"

"我已经安排好了，你会有好梦的。"说完，兰莫抬起了头，亲了亲玛丽的脸颊，然后一动不动地待在玛丽身边。

　　玛丽做了一整晚关于必经旅途的梦，醒来的时候，兰莫正在高处的一根树枝上做伸展运动，跳早操。玛丽微微一笑。

　　"呀，兰莫你还在呀!"

　　"是啊。今天我会坐在你的肩上，保证你完整地记起昨晚关于旅途的梦，然后我就必须得走了，重新投入到忙碌的工作中去，和世界上的其他人类见面。"

　　玛丽在不远处的小溪边洗了一把脸，把溪水装满了水瓶。保罗这个生火能手生了火，煮了点水，做了点松针茶，然后也去洗漱了。小影在一边看着保罗哗啦哗啦地溅着水花在冷水里走过，大脚趾还时不时踢到石头，就聪明地舔了舔自己的毛，就跟其他洗漱时的猫一样。而兰莫悬挂在树枝上，金色的鳞片亮闪闪的。兰莫又拨弄了一下自己的鳞片，微风吹来时，鳞片就会发出声响。这声音像是小型乐队演奏的曲目，或者让人觉得他们正在去往派对或婚礼的路上，一切又都回到了太平盛世的模样。

玛丽坐在火堆边喝松针茶的时候，兰莫问："玛丽，你和保罗结婚了吗？"

玛丽摇了摇头，说："我们之前是想结婚的，但是后来发生了许多不好的事，然后结婚似乎就成了不可能的事。"

"我可以为你们主持婚礼啊。"

对玛丽来说，这听起来有点不可思议。玛丽问："你确定吗？"

"船长也可以主持婚礼，不管是谁都可以主持婚礼。人类又是很愚蠢的生物。人类都可以主持婚礼，我为什么不可以？我可比人类优秀多了。我无与伦比又令人赞叹。世界上仅此一个我。所以……我可以为你们主持婚礼。"

兰莫说到一半还停顿了一下，想在自己能力范围内咧嘴一笑。自然，他的鳞片满载着激动。

然后兰莫摇了摇尾巴，叫保罗和小影走近些，又庄重地悬挂在头顶的一根树枝上。"那我来为你们主持婚礼。小影？"兰莫叫了一声，猫咪抬头看着兰莫红宝石色的眼睛。兰莫继续说道："你来当见证人吧，用人类比较喜欢的那种方式来见证玛丽和保罗结为夫妻。"

"但是我们没有戒指。"保罗根本就没有想到会在这天结婚。

"我还想在自己的婚礼上穿超级漂亮的裙子呢，而且现在也没有宴会，没有音乐，没有……"

大家都为玛丽停下了手里的动作，大家都没有戳破玛丽内心的想法，大家都知道玛丽想要她的爸爸妈妈参加自己的婚礼。而保罗，虽然是个孤儿，但是也想请其他的孤儿来参加自己的婚礼，可现在他都不知道其他人去哪里了。

兰莫皱了皱眉，不耐烦地吐着舌头："这我可帮不了。我能做的就是用我身上所有的力量来宣布你们成为夫妻，这可是相当大的力量呢。"然后他故意让自己变得更大一些，又跟眼镜蛇一样，把自己颈部的皮褶往两侧膨胀，闪着好看的微光："至于婚纱嘛……条件实在不允许的话，就算是不穿衣服也是可以结婚的吧。"

保罗脸部一阵抽搐，说："一般来说，人们都不会这么做吧。"他的声音很轻柔，他牵起了玛丽的手亲了一口，继续说道："但就算没有其他的东西，我们也是可以结婚的，这会是一场美妙的婚礼……对了，可只有戒指是必不可少的。"

"很好。"小蛇说，"如果你们坚持的话……"小蛇靠向了玛丽，差不多都要碰到玛丽的鼻子了，"玛丽，你可以在我身上选两片鳞片，挑你觉得最漂亮的两片，再把它们拔出来。"

"但这样你不会觉得痛吗?"

"可能吧，我也不知道。但这样你和保罗两个人就有结婚戒指了，这将是两枚绝无仅有的戒指，因为你们与众不同。"

兰莫闭上了眼睛，等玛丽行动。玛丽选了两片相对较小的鳞片，因为她不想伤到兰莫，然后她用尽全身力气拔出了其中一片。这鳞片胜过最上乘、最轻薄的丝绸，重过沉甸甸的心脏。鳞片刚拔出来的时候，伤口处涌出来一滴血，这滴血滚动着落了下来，碰到玛丽手掌的时候，发出了红宝石般耀眼的光芒，最后渗进玛丽的皮肤里消失不见了。玛丽说："哦，兰莫。对不起，你肯定很痛。"

"我现在很勇敢，你可以继续拔另一片了。"

于是玛丽拔出了第二片鳞片，另一滴血掉落下来，落在了保罗的额头上。掉落的地方附近，保罗的二十一根头发在红色的血滴中变成了闪亮的金黄色。第二片鳞片同样又轻又薄，但很重。

保罗和玛丽一人一片鳞片。

兰莫睁开了眼睛，轻轻地吻了吻保罗的脸颊。这个时候，保罗手里的鳞片突然变成了液体，绕着保罗的手指流动了一圈，变成了一枚戒指。这枚戒指非常漂亮，还像蛇一样有小小的鳞片。

兰莫又亲了亲玛丽，说："这样，我就把你嫁出去了，虽然你不属于我。但是我是真的爱你，所以我必须操心你的终身大事。现在你也嫁人了。"这时候，玛丽拿着的鳞片从手心出发，流动到手指，在手指上变成一枚亮闪闪的戒指。这枚戒指根本就是兰莫的复刻版，比保罗的那枚还要漂亮。

随后，这对新婚夫妇就带着他们的猫咪和蛇朋友开启了第一天弯弯绕绕的新旅程。而兰莫就跟过去的快乐时光里一样，骑在玛丽的肩头，吐着舌头，哼着小曲儿，只是偶尔会叹一口气：现在的日子太惬意了，可这样惬意的日子马上就要画上句号了。

到了晚上，两个人收拾完了行李，点亮了篝火。兰莫告诉他们："现在我不得不离开你们了，但是如果你们在旅途上碰上什么敌人的话，这两枚戒指会分散他们的注意力。敌人的眼睛会被金戒指所吸引，然后他们就会想睡觉，感到迷迷糊糊的。等他们缓过神来，你们应该早就跑远了。"兰莫舔了舔小影的耳朵，小影四脚朝天地躺了一会儿，他突然想起了生活在屋子里的那段日子，那时候每天就是吃饭、睡觉、玩游戏。

猫咪的这副模样讨人喜欢，玛丽和保罗面带微笑地看向了猫咪。但等他们抬头的时候，兰莫已经走了。

"噢！"玛丽说着落下了一滴眼泪，眼泪落在她的戒指上，掉落之处长出了一颗小小的钻石。另一滴眼泪落下，又是一颗小小的钻石。这两颗小钻石就成了玛丽手上这条

"小金蛇"的眼睛。这告诉兰莫，爱可以化成珠宝，也让我们知道了爱不只是一件可怕的事情，虽然有时候爱的确有点怪异。

但是兰莫并没有目睹这一切的发生。

　　兰莫带着自己一颗刚开始跳动的心脏回归了工作，整个世界上上下下、左左右右都有他的足迹。他遇到了木雕艺人、直升机驾驶员、吉他手、游泳运动员、因为喜欢而东奔西走的人类、因为无家可归而四海为家的人类、喜欢吹口哨的人类、喜欢划桨的人类和喜欢爬树的人类，他还遇到了从来都没有爱过任何人和任何东西的人类。碰到这些人的时候，兰莫的心脏就放慢了跳动的速度，胸口也闷闷的，这让他觉得有点苦恼。

　　每天早晨，兰莫都会用自己灵敏的舌头舔舔空气，尝尝玛丽的位置，尝尝玛丽是不是快乐。每天傍晚，兰莫都会为玛丽送去滑稽搞笑的梦，或者是完成玛丽心愿的梦。在梦里，玛丽会和老虎一起游泳，然后和老虎一起躺在沙滩上，而老虎在皮毛晒干后会发出心满意足的"咕噜咕噜"声。他还给保罗送去了美梦，因为他觉得他应该这么做。梦里的保罗有时候是著名足球明星，有时候是美丽的长颈鹿，有时候是一棵停满了长尾小鹦鹉的树（兰莫可以尝出来保罗喜欢足球，喜欢长颈鹿，也喜欢长尾小鹦鹉）。而送给小影的梦就没有那么大场面了，小影的梦里有老鼠、饼干和挠痒痒（猫咪的梦就得是小场面，因为猫咪睡觉就是打个盹而已，时间很短）。兰莫确认了我们的这三位朋友在每天早晨醒来后都知道那天要走的路线。

兰莫走遍了人类创造出来的每一个国家，发现人类在方方面面都在没有他的情况下履行他的工作职责。这么多人类用这么多设计精巧的机器，有这么多无懈可击的借口和这么多新颖独特的手段来把对方赶出这个世界，可是不管怎么样，他们明明都迟早要离开这个世界的呀。对兰莫来说，人类的行为看起来很奇怪。兰莫心想：他们应该放风筝，应该和猫咪一起玩耍，吃吃冰激凌，烤烤面包，和对方唱唱歌、跳跳舞。他们应该结婚，也许可以生出明事理的聪明小孩，也可以领养孤身一人在这世上的孤儿。但是兰莫知道，他不能让人们做出违背自己意愿的改变，只有人类自己能够选择改变自己，所以他也没有办法，只能让人类继续迷失在自己的小世界里。

　　玛丽和保罗没有迷路。离开自己城市后的几个月时间里，他们都根据兰莫在梦中指出的路线图行路，每天晚上路线图都会更新一点。他们走的路有点奇怪，没有常见的人类直线道路，而是蜿蜒曲折，斗折蛇行。这是因为蛇从来都不像人类一样移动，蛇对直线抱有怀疑态度。在他们看来，直线才是不正常的。

　　有几天的路尘土飞扬，我们勇敢的三人小组在那几天结束的时候口干舌燥。而小蛇确保他们在日落前会找到一条小溪、一方池塘或一口水井，这样他们就有饮用的水源了，他还确保他们会找到一棵可以爬上去的树或可以隐身其中的大灌木丛。玛丽和保罗会开心地又一次装满水壶，再洗一把脸。旅客们进了高山，山脚下白雪皑皑，但这对他们来说并不是问题，因为玛丽已经打点好了过冬的衣服。而且有了小蛇的指引，他们可以在悬崖峭壁上找到安静的角落。在那里，玛丽和保罗可以相拥着取暖，而且还有干树叶和枯树枝，保罗可以用枯树枝来生火。最重要的是，在小蛇的指引下，他们远离了人群，因为这时候世界上的大多数人要么过于悲伤，要么过于愤怒，要么极其渴求安全。可如果我们的这三位朋友还是碰上了人类，那么戒指也能保证他们周全，保护他们继续前进。

也许你会觉得没有其他人类，玛丽和保罗会觉得孤单，但其实他们的内心十分满足。他们会和小影一起玩耍，还会在小影累的时候轮流抱他；在跋山涉水的时候还会吹吹口哨；其中一人觉得累了，感到悲伤了，另一个人就可以为他加油打气。他们俩从来都不会同时感到疲倦和悲伤。

有天傍晚，玛丽和保罗在一个长满欧洲蕨的缓坡上休息，这个缓坡正如兰莫所料的那样，正对美丽的夕阳。他们艰难地翻过最高的山峰，现在到了下山的时候，路走起来就容易多了。他们往山下望了望，看到了一座广阔又宁静的城市。城市里可能有近一千只红色的风筝在微风中快乐地飞舞，在红色的夕阳中熠熠生辉，上下跳动，左右摇摆（兰莫知道这些风筝，如果你还记得的话，兰莫还告诉玛丽她应该在翻山越岭后见到的第一座城市住下）。他们吃了一些以前从来没见过的甜浆果。小蛇在梦中让他们去寻找大块根，让他们把根挖出来，在火上烤来吃。他们照做了。于是他们在几个月以来头一次吃上了一顿饱餐，这让他们觉得有点昏昏欲睡（兰莫知道这会发生）。再往东走，有一道很高的瀑布，光穿过瀑布就形成了彩虹。看到这道彩虹的人无一例外都露出了笑容（兰莫知道玛丽他们会看到这道瀑布，也停下了手中的工作，露出了蛇类的微笑，还轻声笑了出来）。

玛丽靠着保罗，眉开眼笑，保罗也面带微笑，小影蜷缩在玛丽的大腿上，发出咕噜咕噜的声音，其实这就是猫咪笑起来的声音。鸟儿在歌唱。就算是再远的地方也没有枪声，没有火烧房子的声音，没有军队行军的声音，也没有零零散散又无精打采的人，有的只是宁静。突然间，玛

丽和保罗脑中就有空间了，他们想起来他们是真的已经结
了婚的，他们是真的真心相爱，于是他们牵起了对方的
手，唱起了歌：

> 你是黑夜但有阳光
>
> 你是海洋但无边际
>
> 你是小鸟但歌永恒
>
> 你是雄狮但无利爪
>
> 你是我的荣幸，你是我的一部分
>
> 你是我的荣光，你是我的一部分
>
> 你是我的维他命，你是我的一部分
>
> 我的朋友，我的爱，你是我的一部分

随后，他们就进入了梦乡。

第二天早晨，他们走下了缓坡，小影跟在身后。现在
的小影已经长成了一只强壮的大黑猫，毛色光滑透亮。玛
丽的二十一根白发也在夕阳的余晖中闪着光芒。虽然玛丽
（和保罗）的衣服又旧又破，但今天，不知怎么，他们看
起来自豪又平静，身影还有点伟岸。他们可能不知道，几

天前他们就已经过了普迪提之地的边境线了。在兰莫的口中，普迪提之地对大多数人来说是绝对安全的地方。

快到坡底的时候，玛丽和保罗看到了一条养护得很好的平坦道路，弯弯曲曲地通向一个安静的小山谷，山谷里有一座被围墙围起来的城市。他们又继续往前走，头一次在小蛇指引的路上看到了很多路人，甚至还看到了卖粽子的小摊。看到人类的第一眼，玛丽和保罗感到紧张，觉得羞愧，因为他们知道自己看起来脏兮兮、乱糟糟的（但小影还是保持着一只猫的整洁）。但是在他们路过的时候，其他人对他们或点头，或微笑，或用他们听不懂的语言跟他们友好地打招呼。有个卖一种红色大水果的女人看到了玛丽和保罗疲惫的模样，便伸出手，想给他们一点水果吃。虽然这水果看起来很美味，但我们的这两位人类朋友已经身无分文很久很久了，所以他们摇了摇头。女人笑了，点了点头，把一个水果放到了玛丽的手心里，又把另一个放到了保罗的手掌上，然后挥手告别。玛丽和她的丈夫微笑着比了比手势，表示感激，突然很想哭。两人继续往前走，路上一人咬了一口水果，发现这水果的果肉软软的、湿湿的、香香的，有点阳光的味道，还有点葡萄的味道。后来他们才知道，这水果叫巴门达落果。在此后的一年里，每次走到这里，走到他们第一次进入城市的地方，走到大南门，他们常常会回忆起这水果的味道。

也是后来，他们才知道，这座城市叫帕拉卡隆。这虽然不是世界上最华美的城市，但也已经十分不错了。他们刚到这里的时候，走进建筑物的阴影里，感到凉快舒适。这里的建筑物是三层和四层的，有亮色的百叶窗和亮色的大门。这里有小花园，有喷泉广场，有的窗户里飘出了动人的歌声，天上飞着红色的风筝。

兰莫在梦里让他们来到这座城市的时候先往左边的路走，然后再往左边的路走，再走一条小路，路过右手边的一家烘焙店，走进左手边的一条小巷子里。小巷子两边是矮房子和小花园。走到底，一幢房子映入眼帘。房子的百叶窗是友好的蓝色，大门也是友好的蓝色。大门开着，有个女人刚从花园里摘了一些花，想用这些花来装饰餐桌，在看到玛丽和保罗的时候，她大惊失色，手里的花掉了下来，落在脚边，掉在路上。"哦。"她说，"好几个月了，我一直在梦中梦到你们在我的家门口出现。我就知道你们会来这里的，我就知道你们会活着来这里的。跟我来。"
她还从梦中得知，她应该要讲玛丽和保罗原本家园的语
言。虽然她讲得很累、很慢，但玛丽和保罗明白她的
意思。

玛丽和保罗站在那里，目瞪口呆。

"真的，进来吧。来吧，吃早饭吧！"

这一切太奇怪了，太神奇了，我们的两个人类朋友站
在那儿，一动不动，但小影蹦蹦跳跳地越过了门槛，在客
厅的一块阳光里躺下了，好像他一直以来就是住在这里
的。他是一只聪明的猫咪。

你可能已经猜到了，这个蓝色百叶窗房子的女主人就
是希金博特姆奶奶的那个好女儿。她叫朵拉，现在在自家
房子后面的作坊里工作，靠做珠宝谋生。有了兰莫带给她
的珍贵珠宝和金属，她的生意才有了起步，现在她想找两
个帮手。她的丈夫皮特要么在做木刻，要么在照看孙子和
孙女。虽然皮特很好，但他不大会做珠宝，所以兰莫把玛
丽和保罗送到这儿来再合适不过了。他们既可以快快乐乐
地生活，又可以帮忙。本来朵拉还在想她可以做什么新样
式的戒指，在看到玛丽和保罗的戒指后，就知道他们可以

一直做小蛇戒指。他们也这么做了，在之后的日子里也在不断摸索。

后来玛丽和保罗成了技艺精湛的宝石匠，也学会了新家这边的语言，还讲得十分流利。虽然人工做出来的戒指不如小蛇鳞片做的那么讨喜、优雅和华丽，但也很好看，大受欢迎。玛丽还发明了一种制作项链的手艺，做出来的项链很像妈妈在多年以前给她的那条项链。

之后，就跟其他所有大人一样，玛丽的生活也开始变得充实而忙碌。她和保罗没有孩子，这让他们有点忧伤，因为他们一直很想生一个小男孩，然后给他取名为"兰莫"，教他爬树。但有时候事情并不会一直如我们所愿，我们再渴求，也不一定就能得到想要的东西。玛丽和保罗对朵拉和皮特的孙子和孙女来说，仍然是阿姨和叔叔一样的存在。这一大家子在一起其乐融融：他们一起远足，一起过节，一起跳舞，一起歌唱。他们还在房子上空放飞了一只红色的风筝。玛丽发现，经过长途跋涉，如果人们平安健康地到达这座城市，并在这座城市定居的话，就会在自家房子上空放飞一只红色的风筝。

到了傍晚，每家每户的风筝都会向对方挥挥手，鞠个躬，用自己的语言说："万岁！我们活着！我们很快乐！"

就算每天这么忙碌，玛丽也还是没有完全忘记小蛇，只是有时候没那么想他而已。婚礼之后玛丽就再也没见过他了，玛丽开始觉得小蛇再也不会来看她了。每天晚上，小蛇都会给玛丽送去美丽的梦，她有时候还能在梦里听见他的声音，或轻笑，或自夸。可当玛丽醒来的时候，兰莫不在枕边，也不会再舔她的耳朵了。

光阴似箭，日月如梭。

许多年后的一天，现在帕拉卡隆的这个花园已经是玛丽的了。花园里有玫瑰丛，有树，树下有椅子。玛丽走在自家花园里，一头白发，原来明显的那二十一根白发也已经隐没其中。玛丽站着，抬头看着蔚蓝天空中自由飞翔的风筝，心想：爱并不代表拥有。她很爱小影，但小影到某个时候就离开了这个世界，她留不住他；她很爱保罗，但保罗到某个时候也离开了这个世界，她留不住他。朵拉的孩子搬走之后，整座房子就只有玛丽一个人了，百叶窗友好的蓝色和大门友好的蓝色也只有她一个人欣赏。她很爱小蛇，小蛇也一定在她家门口出现过好多次了，但是她就是没有见过他，也没有听到过他的声音，因为爱他并不意味着他会随叫随到。想到这儿，玛丽有点悲伤，虽然她也知道，她、小影、保罗、朵拉和皮特之前就已经过上了长久、美好又幸运的非凡生活了。

可是刚才的这些想法仍然让她有点陷入悲伤。这时候，她觉得脚踝有点痒痒的，往下一看，她看到了一抹金色，有两只红色眼睛在冲她眨呀眨。兰莫说："玛丽，你变了。"

"我变老了，兰莫。"玛丽笑着看小蛇一路蜿蜒着爬了上来，最后端端正正地坐在她手心里。小蛇一直没有变，还是那么漂亮，还是那么骄傲。玛丽说："都过去这么多年了。"

"嗯……"小蛇吐了吐舌头，"我可没想过要离开这么久。"他又快速爬上了玛丽的肩头，坐在那儿，对着玛丽的耳朵低语道："很高兴见到你。"然后他看着玛丽戒指上闪耀着的两颗小钻石。这两颗小钻石以前是眼泪，它们向兰莫诉说着爱。有一瞬间，兰莫屏住了呼吸。

看到了兰莫，玛丽觉得自己又变成了以前那个年轻的小女孩，等会儿就要去上学了，她会走进什么地方的一个房间，那里有爸爸妈妈，还有一桌晚饭。"我也很高兴见到你。"玛丽转过头，亲了亲兰莫优雅的金色小头，其他人类可不被允许这么做，"你好，谢谢你。"

"哦，其实我什么都没做。"如果蛇会脸红的话，小蛇现在就应该脸红了。他让自己的鳞片沙沙作响，声音听起来就像是来自远方美丽海岸的浪潮声："我没做什么啦。"

"你救了我的命，救了保罗的命，救了小影的命。"

随后两人静默无语。这时候的沉默像熔化的金子，像美丽的日落，像熔炉一般耀眼。这时候的沉默宛若钻石。

小蛇又打破了寂静，用最温柔的语气对玛丽说："我从来就没救过谁的命。"这几个字是小蛇尝过的最悲伤的字眼。

"你说错了。"玛丽摇了摇头，笑着说，"你救了我们。"

然后玛丽走到树下，坐了下来。在这里，她可以清清楚楚地看到多年前和保罗、小影一起为寻找平静而翻过的那座山脉。小蛇亲了亲玛丽的脸颊，叹了口气，说："唉，玛丽，你是我最好的朋友，也是我在这世上唯一的朋友啊。"

这时，这两个好友点了点头，再次陷入了沉默。

小蛇又亲了亲玛丽，亲了亲她的额头，亲了亲之前被他的牙齿擦到的位置，然后滑到了草地上，闪电似的躺了下来。

玛丽告诉他："我一直很想做一条跟你一样漂亮的脚镯，那种闪闪发光的脚镯。"

小蛇眨了眨眼睛，抬起了头。玛丽发现他已经泣不成声了。

玛丽又说："但是我想我应该没有时间来尝试了。"

这条被玛丽称呼为"兰莫"的小蛇在草地上等着玛丽过来，可是当玛丽真的站起来，迈了一步的时候，他大叫："不！不！玛丽，你得记住，你在迈很小很小的小碎步的时候，花园就会变大。你就踩着很小很小的小碎步走过来。"

玛丽迈了一步，兰莫又叫出声："不！不！玛丽，你的步子还应该小很多很多。"

玛丽又走了一步，兰莫又大喊："不！不！玛丽，你得记住，如果你停下脚步，花园就会无限延伸，就会变得没有边界，然后一切都成为永恒了，我们也就不用面对什么离别了。求求你，不要再往前走了。"这是小蛇第一次说"求求你"这三个字，他马上就说了第二次："求求你。"

这也是小蛇最后一次说这三个字。

至于之后发生了什么，我不能告诉你，谁也不能让我松口。

到这里，这个故事差不多也要结尾了。这个故事大概讲了一条小蛇的心脏是如何开始跳动，讲了一个叫玛丽的非凡睿智的小女孩和她一个叫兰莫的朋友的故事，讲了某种美好、可怕又奇怪的东西。

可能玛丽和兰莫到今天都还在花园里等着对方呢。我知道，他俩应该都挺喜欢这样的结局的。

# 致　谢

感谢汉斯·考赫（Hans Koch）和安托万·德·圣-埃克苏佩里①。

---

① 安托万·德·圣-埃克苏佩里（Antoine de Saint-Exupéry，1900—1944），法国作家、飞行员，著有《小王子》《夜航》和《人的大地》等。——译者注